孤山的故事

蔡逢衣 著

浙江文艺出版社

图书在版编目(CIP)数据

孤山的故事/蔡逢衣著.—杭州:浙江文艺出版社,2023.1(2023.3重印)
 ISBN 978-7-5339-7008-6

Ⅰ.①孤… Ⅱ.①蔡… Ⅲ.①散文集-中国-当代 Ⅳ.①I267

中国版本图书馆CIP数据核字(2022)第206459号

责任编辑　周海鸣
责任印制　张丽敏
装帧设计　吕翡翠

孤山的故事

蔡逢衣　著

出　　版	浙江文艺出版社
地　　址	杭州市体育场路347号
邮　　编	310006
电　　话	0571-85176953(总编办)
	0571-85152727(市场部)
制　　版	浙江新华图文制作有限公司
印　　刷	浙江新华印刷技术有限公司
开　　本	880毫米×1230毫米　1/32
字　　数	152千字
印　　张	7.625
插　　页	1
版　　次	2023年1月第1版
印　　次	2023年3月第2次印刷
书　　号	ISBN 978-7-5339-7008-6
定　　价	48.00元

版权所有　侵权必究

序言：西湖之奇在孤山

蔡天新

一

说到杭州，如今在中国的知名度堪比南宋时期，那会儿临安（杭州旧称）是国都；也堪比元朝，意大利旅行家马可·波罗在他的游记里称杭州是"天城"。而就西湖来说，从前她却在杭州的城墙之外。2011年，西湖入选《世界遗产名录》，她在国人心目中的地位，已超过以往任何时期。可以说西湖是美的化身，兼有人文、风景甚或财富。

本书的书名虽说是《孤山的故事》，内容却是以孤山为主，涵盖了整个西湖及其周边。换句话说，本书叙述的范围是在孤山上目力所及之地。逢衣自2019年夏天入职杭州西泠文化创意有限公司，第一年是在宝印山房上班，那是西泠印社对外的一个窗口。每个工作日,她都要骑电瓶车过西泠桥,去到孤山之西,可以说是日日面对风景如画的西湖。

《韩非子·和氏》篇里有楚人和氏空怀美玉、困守孤独的故事,西湖也因美而孤独。在我的建议之下,有一天逢衣开始动笔,写下了白居易与孤山的一则故事,并以白居易的诗句"孤山寺北贾亭西"为题。起初,她的文章只在她和妹妹方思的微信公众号"所谓衣人"上发送,阅读量从几百到几千不等。后来,她的文章相继在省内外一些报刊上亮相。

一年多下来,三百多个日子晴晴雨雨,逢衣坚持不懈,写下了数十篇推文,几乎是每周一篇,或长或短,图文并茂,每篇皆有所发现,获得了不少长辈或友人、同事的称赞和鼓励。此番蒙浙江文艺出版社美意,结集成册,分为"人物篇"和"建筑篇"上下两辑。

二

古人云:"钱塘之胜在西湖,西湖之奇在孤山。"此处钱塘是杭州的另一个旧称。说到孤山,首先她的名字就令人印象深刻。江西南部的赣州有一座郁孤台也非常著名,从那里可以俯瞰赣江,辛弃疾曾经于此写下"青山遮不住,毕竟东流去"的佳句。而在北京大兴,初唐诗人陈子昂在《登幽州台歌》中写道:"前不见古人,后不见来者。念天地之悠悠,独怆然而涕下。"

孤山既是一座山,又是湖中的一座小岛。虽说不高,却古迹胜景甚多。从西泠桥畔到平湖秋月,从诂经精舍到敬一书院,从逸云寄庐到青白山居,从文澜阁到楼外楼。孤山也是坟场,许多男女下葬或曾下葬于此。众多孤山名人中,唯有北宋诗人林和靖终老于斯。孤山是有魂的,梅妻鹤子的故事尽人皆知。从某种意义上讲,我认为"孤山之魂在林逋",或者,"孤山之魂在放鹤亭"。

到了清代,爷孙皇帝康熙和乾隆各六下江南,其中十次到了杭州,八次住在孤山的行宫(今中山公园),他们常步行到北麓探望林和靖。如今放鹤亭里有一块御碑《舞鹤赋》,其上的书法作品便是康熙仿明代董其昌的草体写成。乾隆钟爱林和靖,曾多次题诗,其中一首写道:"先生昔隐孤山曲。"最后一次南巡时,乾隆已逾七旬,仍走到放鹤亭题诗。诗中透露,这是他最后一次南巡,因而也是向孤山和西湖道别。

创建于1904年的西泠印社一直设在孤山,不仅因为这里风景好,有多座古寺,也因为有质地良好的岩石可以用于篆刻,还有汩汩流淌的泉水。此地有竹阁和柏堂,两位大诗人白居易和苏东坡曾经在此宿眠或作诗;有鸿雪径,弘一大师的藏品收藏在此,他还与友人共筑华严经塔;还有"西泠四泉"——印泉、潜泉、文泉、闲泉,它们与印社四位创始人和首任社长吴昌硕的故事值得一说。

三

"欲把西湖比西子,淡妆浓抹总相宜",苏东坡的这句诗写尽了西湖之美。可是,孤山之美和西湖之美也有缺憾。例如,1934年发生在嘉兴海宁境内的一起凶杀案,也即沪上报业大亨史量才被杀案件。那次史量才和第二任妻子沈秋水是在西子湖畔度假以后,离开北山路的秋水山庄(与孤山仅隔数十米水域),返回上海途中遭遇伏击的。

秋水含泪将丈夫埋葬在西湖西边的群山中,随后她把山庄捐献给了一家慈善机构,独自留在杭州,吃斋念佛,不再会客。1936年,史量才第一任夫人和儿子向之江大学捐建了一幢大楼,如今是浙江大学之江校区的标志性建筑——钟楼。1956年,沈秋水在杭州过世,她被安葬在南山公墓,墓碑上写着"秋水居士之墓"。

另一位在西湖出家的是留日归来名动一时、遗世而独立的李叔同。1916年,李叔同在虎跑定慧寺断食17天。两年以后,他在定慧寺正式剃度出家,取号弘一。之前作为西泠印社的早期成员,他常来孤山,与鸿雪径和华严经塔有着不解之缘。他也常去北山路的招贤寺(今属新新饭店),与住持师兄探讨佛学,并对其大为折服。

说到出家，更早的有《水浒传》中虚构的宋代的梁山好汉鲁智深和武松。他们被招安以后，随宋江南下攻打方腊。得胜后途经杭州，一个在六和寺圆寂，另一个在六和寺出家，至八旬逝世。如今的北山路西段，与孤山隔西泠桥，与苏小小墓相邻的地方，有一座武松墓，却是北宋一位同名的义士之墓。

四

"人物篇"收录了明代画家陈洪绶，近现代画家吴昌硕、黄宾虹、潘天寿和林风眠，以及俞曲园、马一浮这两位擅长书法的学者。进士出身的杭州知府林启，收录在此篇，是因为他创办了浙江大学的前身求是书院等，而创办诂经精舍的阮元则隐身在"建筑篇"中。

除了上述几位，书中涉及的其他人物更是多种多样。白娘子是神话中的人物，苏小小、冯小青、琴操的生平事迹扑朔迷离，却又是有墓可循的真实存在。惠兴是"以身殉学"的刚烈女子，秋瑾是民主革命和女权主义的先驱，而在西子湖畔出生的林徽因则是多才多艺的民国才女，她们为后世留下了可歌可泣的英雄业绩或浪漫传奇的爱情故事。

与代表阴柔之美的女性相伴，湖边还埋葬着西湖"三杰"：南宋抗金英雄岳飞，他的罹难处如今为一家四星级酒店；打赢北京保卫战的明代名臣于谦，王朝因他续命两百年；还有不愿屈服于清廷的南明儒将张苍水,一代国学大师章太炎归葬于他身旁。三人既是武将,又都有诗文流传后世。

西湖三堤——白堤、苏堤、杨公堤,分别修筑于唐、宋、明,没有它们,西湖就不成其为西湖。而唐宋之间的吴越国对西湖的贡献无疑最大,三座千年古塔——保俶塔、雷峰塔、六和塔,均与末代君王钱弘俶有关。堤是实用的,塔是精神向度。可以说,假如没有白居易、钱弘俶、苏东坡、杨孟瑛这些地方长官,没有形形色色喜爱大自然的各界人士,就没有今天的世界文化遗产——西湖。

2022年7月,莲花街

目 录

序言：西湖之奇在孤山（蔡天新）/ 1

上辑　人物篇

南北朝

　　苏小小：西湖最早的名人 / 003

唐

　　白居易：孤山寺北贾亭西 / 007

吴越

　　钱弘俶：他对杭州贡献极大，却客死异乡尸骨难觅 / 011

宋

　　范仲淹：先天下之忧而忧的杭州知州 / 016

　　欧阳修：没来过杭州，孤山有他的纪念地 / 020

　　林和靖：梅妻鹤子，孤山之魂 / 024

　　苏东坡：他的名字与白居易有关 / 030

　　琴操："淡妆浓抹总相宜" / 034

岳飞：文武双全，遇难处如今是家四星级酒店 / 037

赵构：南宋第一个皇帝 / 041

武松与盖叫天：小说中与现实中的行者 / 045

元

马可·波罗：意大利人在杭州 / 049

林净因：他把馒头带到日本 / 052

明

于谦：明朝因他"续命"两百年 / 056

陈洪绶：美女骑马求画，他为她手写的诗今犹在 / 059

冯小青：葬在孤山的鲜为人知的美人 / 064

张岱：不愿入仕，但不忘美的追求和相伴 / 068

郭孝童：十五岁去世，他是葬在孤山最年轻的一个 / 072

张苍水：最后一个未降者，藏身东海小岛 / 075

白娘子与许仙：传颂千年的凄美爱情 / 079

清

康熙和乾隆：下江南与清行宫 / 082

溥仪：末代皇帝，娶杭州女子为妻 / 086

近代

俞樾：花落春仍在，他是孤山最长者 / 089

林启：浙大与北京颐和园的渊源 / 093

吴昌硕：书画刻印大师，西泠印社首任社长 / 095

黄宾虹：浙中出生的他，引领画坛数十年 / 099

王一亭：1922年秋天，他在上海宴请爱因斯坦 / 103

惠兴：割肉办学的奇女子 / 106

秋瑾：西泠桥畔的鉴湖女侠 / 109

鲁迅：不喜欢杭州，孤山却有他的铜像 / 113

马一浮：精通七门语言，为浙大写了校歌 / 116

苏曼殊：葬于孤山唯一的混血儿 / 121

林徽因：她在杭州很孤独，却留下了永久倩影 / 125

现当代

潘天寿：孤山之南，一代宗师 / 129

林风眠：蔡元培的忘年交，二十六岁任大学校长 / 133

霍金：那一年夏天，他曾来过西湖 / 137

下辑　建筑篇

古宅

安乐坊：苏东坡所建，治瘟疫救百姓 / 143

文澜阁：孤山最古老的建筑，黄河以南独一无二 / 146

诂经精舍：最早开设自然科学课程的书院 / 149

敬一书院：从清代"百家讲坛"到财神庙 / 152

楼外楼：三个外乡人成就了杭州最有名的酒楼 / 155

西湖边寺庙：毕竟西湖六月中，画《清明上河图》的人也画它 / 159

别墅

　　逸云寄庐：首任浙大校长的别墅 / 165

　　杜庄：另一位浙大校长的住所 / 168

　　秋水山庄：史太太捐建了浙大最美的楼 / 171

　　抱青别墅：西湖边最美的建筑 / 175

　　刘庄：《中华人民共和国宪法》和《中美联合公报》起草地 / 180

　　郭庄：西湖名园，有晋商格调，筑路的是川渝人 / 183

印社

　　华严经塔：孤山绝佳处，一座隐秘的佛塔 / 187

　　鸿雪径：除了断桥残雪，西湖还有它 / 190

　　竹阁：白居易曾宿眠于此 / 194

　　柏堂：苏东坡作诗之处今何在？ / 199

　　印泉：吴昌硕与日本印人的情缘 / 203

　　潜泉：一名叫吴隐的碑匠 / 209

　　文泉：孤山之上有一口大池 / 213

　　闲泉与小龙泓洞：闲泉澄极顶，幽径入深丛 / 217

附录

　　从南宋的《耕织图》到民国的西博会（蔡方思） / 222

　　生于西湖的实业家——都锦生（蔡方思） / 225

后记（蔡逢衣） / 228

上辑　人物篇

南北朝

苏小小：西湖最早的名人

西泠桥南面坐落着秋瑾墓，桥北面则有苏小小墓，两位奇女子相对而卧。苏小小生活在南北朝时期的南齐。

南齐的开国皇帝是萧道成，与取而代之的南梁开国皇帝萧

苏小小墓，作者摄于西泠桥畔

衍是同族。南齐前十年,社会相对稳定,经济繁荣,统治阶级对文学的重视以及文学集团的活动(常受朝廷征召进行集体创作),大大促进了诗歌创作的繁荣和写作技巧的提高。

苏小小祖籍苏州,后祖辈移居杭州,因经商有方,家境还算富裕。她是独女,才貌双全,不幸十五岁那年父母双亡,她与乳母移居西泠桥畔。小小喜欢与文人雅士交往,以诗会友,门前车来人往,她成了钱塘名媛,后人将其描绘为歌妓。

但凡走过西泠桥的游客,一般不会错过桥边的慕才亭,里面有个硕大的黄色半球,那正是苏小小墓。墓碑用温州泰顺石雕刻,上书"钱塘苏小小之墓"。说到泰顺石,西泠印社宝印山房也有一组,因其纹理精美,色泽丰富,适合手工篆刻。

既是佳人,自然得有动人的爱情故事,苏小小先后结交过两位公子。一位叫阮郁,是当朝宰相之子,他从都城建康(今南京)来钱塘,与苏小小一见倾心,一同游西湖。怎奈阮父听闻此事后很生气,觉得小小不配,便设计诱儿子回家,此后阮郁便杳无音信。

另一位叫鲍仁,长相酷似阮郁,是个穷书生,因盘缠不够无法进京赶考。苏小小得知后,慷慨地把身上的钱财给予鲍仁。鲍仁后来金榜题名,遗憾的是,当他怀着感激之情回到杭州时,苏小小已不幸病故。鲍仁悲痛万分,遂在西泠桥畔她的安葬地建亭立碑。

苏小小之所以有名,除了她的爱情故事,也与其才华有关,我读过一首苏小小的诗：

> 妾乘油壁车，郎跨青骢马。
> 何处结同心，西陵松柏下。

无数来西湖游历的文人墨客为苏小小写过诗，如李贺、温庭筠、徐渭、袁枚。这里我想到的是唐代诗人韩翃的诗句"吴郡陆机称地主，钱塘苏小是乡亲"（《送王少府归杭州》），陆机是西晋文学家，吴郡吴县华亭（今上海市松江区）人，其祖父是三国时期孙吴丞相陆逊。

其实，以《寒食》一诗扬名长安的韩翃是南阳（今属河南）人，未必到过吴越。可是，韩翃的罗曼史却与苏小小的相近。容我转述《太平广记·柳氏传》的故事。天宝年间，韩翃羁滞长安，与李生相友善。李之爱姬柳氏"艳绝一时"，慕韩翃之才。李生遂慷慨将柳氏赠翃，

〔清〕华嵒《苏小小像》

并解囊资助玉成两人婚事。翌年,韩翃高中进士,衣锦还乡,暂将柳氏留在长安。

适逢安史之乱,两京沦陷。为避兵祸,柳剪发乔装寄居法灵寺。彼时,韩翃担任平卢淄青节度使从事,等到肃宗收复长安,韩翃便遣使密访柳氏,携去一囊碎金并作一首《章台柳》赠之。柳氏捧金呜咽,答赠一首《杨柳枝》。但不久柳氏又遭番将沙吒利劫以归第。等到韩翃随军入京师方知此事,肃宗乃下诏将柳氏归还韩翃,夫妻终得破镜重圆。

西泠桥在白堤西端,有意思的是,白堤东端的断桥也有着广为流传的白蛇传故事。那是传说中的爱情故事,且比苏小小晚了七百多年。如此说来,苏小小算是西湖的元老级人物了。若说有比她更早的杭州名人,恐怕只有吴王孙权及其父兄了。而如果要说西湖名人,那苏小小无疑是第一个。

唐

白居易：
孤山寺北贾亭西

孤山之名，源于其四面环水，它曾是西湖中最大的岛屿。原本孤山南麓有一座孤山寺，建于南朝陈文帝年间（559—566），亦名永福寺，虽比西湖西边的灵隐寺要晚，但比西湖南岸的净慈寺早近四百多年。唐朝长庆年间（821—824），大诗人白居易（772—846）写过一首《钱塘湖春行》：

> 孤山寺北贾亭西，水面初平云脚低。
> 几处早莺争暖树，谁家新燕啄春泥。
> 乱花渐欲迷人眼，浅草才能没马蹄。
> 最爱湖东行不足，绿杨阴里白沙堤。

钱塘湖即西湖，白居易当时担任杭州刺史。他下令在孤山上建造了一座竹阁。北宋时（那会儿孤山寺已改名广化寺）又建了柏堂，大诗人苏东坡曾分别为竹阁和柏堂题诗。这两处风景犹在，后者也是西泠印社文创产品毛笔"博古"的别称。

在白居易之前，李白和杜甫都曾来过杭州，他们去浙东途中从这里经过。遗憾的是，那时西湖没啥名气，他们似乎没来过孤山，至少没写过一首有关西湖或孤山的诗。同样遗憾的是，孤山寺在1957年被拆除，唯留竹阁和柏堂——划给西泠印社。不仅如此，原本这里"远近皆僧舍"，如今最近的寺庙要数灵隐寺了。而"贾亭"现在何处呢？我在书里没有找到，向前辈讨教，也未有结果。

除了竹阁，白居易更以白堤留名。白堤原先就已存在，它即是白居易诗中所写的白沙堤，后人省去"沙"字，就成了纪念白居易的白堤了。白居易在杭州的主要政绩有主持疏浚了前任李泌修筑的六井，以解决杭州人的饮水问题。白居易在《钱塘湖石记》一文中，曾提到钱塘门外的石函桥和桥边的湖堤。这段防洪的湖堤也是白居易主持修筑的，故称为白公堤，惜如今已无迹可寻。

有了白堤，有了西泠桥，孤山便不再是岛屿，甚至也不再是半岛。于是，三潭印月就成了西湖中最大的岛屿。白堤自孤山的东边蜿蜒而来，也穿越了孤山。孤山之西是西泠桥，此桥将孤山与北山路相连。但

白居易像，佚名作

西泠桥建于何时，我答不上来。据说有古诗可以佐证，宋代时这里叫西村，没有桥，只住着八九户人家。到了明代，人们便可以提着酒壶走过，那时西泠桥的名字已经叫开了。

西泠桥的历史比西泠印社要早得多。我每天上下班都要经过这座桥，有时我会留意一下桥边的苏小小墓，那里通常有游人拍照留影。这"西"的意思很明白，西村、孤山之西，也是杭州之西。"泠"有好几个意思，可指清凉，或许因它在水边；亦通"伶"字，那会是苏小小吗？谁知道呢。

我初入职西泠文创是在宝印山房，就在西泠印社内。宝印山房初建于1912年，是印社最早的建筑之一，那会儿印社首任社长吴昌硕先生还没有到任呢。不幸的是，它在抗战时期焚毁了，1974年于原址重建，门联是教育家李瑞清书写的金文"天地有正气，山水函（含）清晖"。

李先生是江西进贤人，我念初中时，随家人去过进贤，参观过文港镇的毛笔制作。那是著名的毛笔之乡，就在南昌东郊，有着一千六百多年的历史，进贤毛笔与浙江"湖笔"齐名。原来在古代，进贤是江西、福建乃至广东学子进京赶考的水路出发地。

这副对联的上下句分别出自两位大诗人——南宋的文天祥和东晋的谢灵运——的诗。文天祥原本就是江西人，谢灵运是浙江人，却死于广东，葬在江西，难怪李瑞清先生熟记于心。我想这副对联所表现的正是西泠印社一贯追求的精神气度。

回到本文主题,"孤山寺北贾亭西"到底指什么地方呢?我想既然孤山寺在孤山南麓,孤山寺北就应该是在孤山上了;既然贾亭已不知去向,那么它就可以在孤山任何一个地方,至于"西"字,本无特别的意义,想必应是与诗的末句"最爱湖东行不足"的"东"字对应的吧。

晚年的白居易返回故乡河南,在洛阳深情地回忆起他在苏杭度过的岁月,写下三首《忆江南》,其中第二首是这样的:"江南忆,最忆是杭州。山寺月中寻桂子,郡亭枕上看潮头。何日更重游?"其中的山寺一般认为是灵隐寺,而孤山也是有桂花的。

吴越

钱弘俶：
他对杭州贡献极大，却客死异乡尸骨难觅

杭州有三座千年古塔，其中西湖边就有两座。一是南岸约72米高的雷峰塔，二是北岸宝石山上约45米高的保俶塔。提到雷峰塔，人们知道的是法海镇压千年蛇妖（白素贞）的传说以及1924年的倒塌和2002年的重建。追根溯源，雷峰塔是977年吴越国末代国王钱弘俶为庆祝宠妃黄氏得子所建，塔中供奉佛祖释迦牟尼的螺髻发舍利。因其所在山岗叫雷峰，故名雷峰塔。

保俶塔的历史更为悠久，它是在钱弘俶登基为吴越王的第二年，即948年，由钱弘俶信奉佛教的舅舅吴延爽建造的，据说是为了安放高僧善导和尚的舍利。从那时起，保俶

忠懿王像

钱弘俶像，佚名作

塔就一直守护着西湖。建成不久,吴延爽因犯"谋叛罪",被外甥钱弘俶削职流放,故而该塔一直未正式取名,大家就称其为宝塔。

一直到北宋,出现了一位被人尊称为"师叔"的永保和尚,他双目失明,利用自己十年化缘得来的钱财重修了这座塔。重建以后的宝塔焕然一新,大家听闻此事,被这位和尚感动了,便把塔名改为"保叔塔",这个名字延续到了明朝。再后来,人们讹传此塔为寡嫂祈求叔叔平安,此叔即为被扣押在开封的钱弘俶。于是,塔名又变成保俶塔。

那吴越王钱弘俶又怎么会在开封的呢?话说唐宋两朝之间有五代十国。五代是指中原地区的五个政权。十国是中原以外的十个割据政权,其中以江宁(今南京)为首府的南唐(937—975)是李家天下,最后一个君主是李煜。与之相邻的吴越国(907—978)则定都杭州(南唐与吴越国类似于春秋时期的吴国和越国),其开国皇帝叫钱镠,临安县(今杭州市临安区)人。

钱弘俶是钱镠的孙子。钱弘俶的父亲是第二代君主,两个同父异母的哥哥分别为第三、第四位君主。钱弘俶在老将胡进思(湖州人)的干预之下取代同龄的哥哥成为君主,是吴越国第五位也是末代君主。钱弘俶是虔诚的佛教徒,在吴越国亡国的前一年,在西湖边建了雷峰塔。除了保俶塔和雷峰塔与他有关以外,钱塘江边的六和塔也是他下令于970年建造的。那里原来是他的南果园,后来有人建议建塔镇潮水保平安,于是舍园建塔，遂有了约60米高的六和塔。

换句话说，杭州最重要的三座塔均与钱弘俶有关。不难想象，假如杭州没有这三座塔，湖光山色必定会逊色不少。与此同时，钱弘俶还复兴了灵隐寺，并在西湖南岸兴建了净慈寺等许多寺庙，许多景点都暗藏佛学典故。不仅如此，经过吴越国五位国王七十二年的治理，尤其是钱弘俶在位的三十年，杭州已成为东南地区最繁华的都会。如同北宋词人柳永在《望海潮》里所写的：

> 东南形胜，三吴都会，钱塘自古繁华。烟柳画桥，风帘翠幕，参差十万人家。

974年，宋太祖赵匡胤讨伐南唐，钱弘俶不仅拒绝了李后主的求援要求，而且出兵助宋灭南唐。978年初，为了避免杭州城遭毁，百姓生灵涂炭，钱弘俶祭别祖先，前往汴京（今开封），纳土归宋。之后，他一直被软禁，为了避宋太祖父亲赵弘殷的名讳，入宋后改名钱俶。因为"表现"良好，他的待遇比南唐后主李煜要好得多，后来还被封为邓王。

李煜比钱俶年轻近十岁，却比钱俶早十年辞世，他被封为违命侯，甚至他宠爱的小周后也屡遭宋太宗赵光义的凌辱。在开封软禁期间，李煜写下了几首名作，其中包括家喻户晓的千古绝唱《虞美人》：

春花秋月何时了,往事知多少?小楼昨夜又东风,故国不堪回首、月明中。　雕栏玉砌应犹在,只是朱颜改。问君能有几多愁?恰似一江春水、向东流。

白居易离开杭州后,他写的《忆江南》里并没有怀念西湖。正是在其后吴越国繁荣昌盛的基础之上,北宋的苏轼才会写下"欲把西湖比西子,淡妆浓抹总相宜",南宋才会定都临安(杭州),才会有"上有天堂,下有苏杭"的美誉,才会有意大利旅

从西泠桥眺望保俶塔,作者摄

行家马可·波罗所赞叹的"世上最华丽的天城"。

988年8月23日,钱俶六十岁大寿那天,他在封地邓州南阳(今属河南)与朝廷派来的贺寿使者彻夜宴饮,不幸当夜暴卒(死因成千古之谜),葬于洛阳邙山,那里埋葬着很多君王,至今无法确定钱俶墓的具体位置。现在南阳仍有许多钱氏后人,并有钱氏研究会。而江南一带的钱氏后人更是了不得,尤其是科学家的"三钱"(钱学森、钱伟长、钱三强)。

有一次,爸爸问我们,对杭州贡献最大的人是谁?我和妹妹回答,是白居易和苏东坡,他却说是钱俶。经过一番调研,我觉得这个说法很有道理。那杭州是否该在市中心或西湖边为他建一座高大的塑像呢?目前好像只有他的爷爷钱镠在钱王祠里和临安高速出口旁有塑像。虽说无法找到钱俶遗骨,但洛阳古代艺术博物馆里却收藏有2700多字的《吴越国王钱俶墓志铭并序》。

宋

范仲淹：
先天下之忧而忧的杭州知州

我曾读过一篇文章，说北宋杰出的政治家、文学家范仲淹（989—1052）与隐居孤山的诗人林和靖（967—1028）是忘年交。我这才知道范仲淹曾在杭州做过知州。林和靖是隐逸诗人，有"梅妻鹤子"之誉，而范仲淹是朝廷命官，两人身份地位虽不同，但并不妨碍他们的交往。1026年，范仲淹在江苏兴化担任县令时，来杭州游玩，与林和靖相识相知，互赠诗篇。

范仲淹本是苏州人，却出生在徐州，当年范父追随吴越王钱俶归降大宋，在徐州任节度掌书记，母亲在官舍里生下了他。他两岁时父亲病故，他随母亲改嫁，改名朱说。范仲淹在继父家很受歧视，直到二十三岁那年，才得知自己的身世，十分伤感，遂含泪告别母亲，赴应天府（今河南商丘）求学。三年以后，他中进士。步入仕途后，他把母亲接来同住，二十九岁时归宗复姓。

范仲淹既是诗人，也是散文家。我年少时曾随家人游历两湖地区，有幸见到过洞庭湖畔的岳阳楼。想必各位也听闻过范

公那篇千古传诵的佳作《岳阳楼记》吧,其中有一句如雷贯耳:

先天下之忧而忧,后天下之乐而乐。

1034年正月,四十六岁的范仲淹又一次来到浙江,这回是到睦州(州治在今杭州建德)任知州。也正是因为这段经历,2017年春天,富春江畔最美县城桐庐的新区也落成了范仲淹纪念馆。据说建德方面对此颇有意见,认为纪念馆应该建在建德。

事实上,范仲淹只在睦州任职半年,便调任苏州知州。他在所居南园之地,兴建郡学(州学),这便是延续至今,有"千年学府"之誉的苏州中学的前身。1049年,在邓州任知州三年的范仲淹来到浙江,出任杭州知州。

范仲淹任杭州知州时,已经六十一岁,属于晚年。遗憾的是,杭州并没有保留下他的任何遗迹。据说,孤山曾有纪念他的范文正公祠(文正是他的谥号),不知何时被拆毁了,甚至不知遗址在何处。个人猜测,也许是在林和靖的放鹤亭附近,因为他们是故友。

1050年,即范仲淹出任杭州知州的第二年,江浙闹大饥荒,

范仲淹像,佚名作

范仲淹作为杭州最高行政长官,并未沿用通常的发粮救济法,而是大胆实施了"荒政三策":

一是把粮食的价格抬高,每斗涨至一百八十文钱,商贩听闻后争先恐后地来杭州卖粮,导致供过于求,政府顺势把米价下调至每斗一百文钱。这样既满足了百姓的粮食供应,又不费力地解决了运输问题。

二是纵民竞渡,让百姓参加划船比赛,政府雇了许多造船工匠和划手,同时吸引了不计其数的游客,发展了旅游业。

三是大兴土木,范仲淹召集寺庙住持,动员他们扩建,以工代赈,既进行公私营造建设,又给百姓提供了就业机会。

以上三策一举多得,各方满意。此外,范知州也积极治理西湖淤泥。

值得一提的是,范仲淹在杭州任知州期间,还用自己的资产在苏州办了范氏义庄,将其作为公产,提供给亲友和乡里,这是我国史料记载的第一个多功能的民间慈善组织。义庄包含义田、义宅、义学三部分。

在杭州期间,范仲淹为西湖写过不少诗篇,其中有一首是我在中学语文课上学过的,即《苏幕遮》,其上阕是:

> 碧云天,黄叶地,秋色连波,波上寒烟翠。山映斜阳天接水,芳草无情,更在斜阳外。

比起气势磅礴的《岳阳楼记》来，这首词展现了范仲淹柔婉的一面。

比范仲淹小三十二岁的王安石一直仰慕他，范仲淹任杭州知州时，王安石正巧在鄞县（今浙江宁波）任知县，经常给范仲淹写信。范仲淹在杭州的第二年春天，王安石在鄞县任满，趁离任之机经停杭州，终于见到了心仪已久的前辈，两人曾多日晤谈。两年以后，范仲淹从青州调任颍州，途中病逝于徐州，那正是他的出生之地。

范仲淹塑像，作者摄于桐庐范仲淹纪念馆

欧阳修：
没来过杭州，孤山有他的纪念地

每次去印社上班，我总是要经过俞楼和潘天寿塑像。有一天我发现，在俞楼和潘天寿像之间，还有一处两米见方的水池，紧挨着靠山的半壁亭，亭子的横匾上写着"六一泉"。

"六一"就是大家熟知的北宋文学家、"唐宋八大家"之一的欧阳修（1007—1072），晚号"六一居士"。但是欧阳修从未在杭州做过官，似乎也没有来过杭州，那为何该水池以他命名呢？

欧阳修是吉州庐陵（今江西吉安）人，出生于绵州（今四川绵阳），他的父亲当时在绵州任军事推官。四岁那年，父亲去世，他和母亲到随州投奔任推官的叔父。他在随州长大，二十三岁中进士，后来成为北宋三朝元老，官至参知政事。他以一篇《醉翁亭记》传世，朗朗上口：

> 环滁皆山也。其西南诸峰，林壑尤美，望之蔚然而深秀者，琅琊也。山行六七里，渐闻水声潺潺，而泻出于两

峰之间者,酿泉也。峰回路转,有亭翼然临于泉上者,醉翁亭也。作亭者谁?山之僧智仙也。名之者谁?太守自谓也。太守与客来饮于此,饮少辄醉,而年又最高,故自号曰醉翁也。醉翁之意不在酒,在乎山水之间也。……

欧阳修还是苏东坡的恩师。原来,欧阳修初识苏轼是在1057年,那年欧阳修为礼部贡举的主考官。阅卷时,欧阳修误把一份特别满意的答卷当成是自己的学生曾巩的,为避嫌,便把它评为第二名。

当欧阳修得知这份考卷是出自眉州的考生苏轼时,很是后悔。苏轼中进士后,手持门生帖拜谢欧阳修,从此他们结下师徒之缘。苏轼认欧阳修为老师,欧阳修对苏轼奖掖有加,苏轼也没有辜负老师的期望,在文学方面甚至有所超越。

欧阳修虽然没有来过杭州,却写过一篇颂扬杭州的美文《有美堂记》。话说1057年,欧阳修的好友梅挚出任杭州知州,宋仁宗亲自写诗《赐梅挚知杭州》,开头一句为:"地有吴山美,东南第一州。"梅挚到杭州后,为表达对天子赐诗的感激,特意在吴山东麓之巅建造了览胜赏景的有美堂。后来,他又请欧阳修为此楼撰文,书法家蔡襄书写,刻石于堂上。

1071年,苏轼任杭州通判,此时欧阳修已退休,定居颍州汝阴(今安徽阜阳)。苏轼赴任途中特意看望了恩师,欧阳修向他介绍了一位杭州的好友:僧人惠勤。苏轼到杭州的第三天就去拜访了惠勤。惠勤是余杭人,他和僧人惠思在孤山广化寺(遗址在今西泠印社柏堂)结庐。

惠勤在诗词方面颇有造诣,他们相见投机,回家以后苏轼就写了一首《腊日游孤山访惠勤惠思二僧》,开头两句是:

> 天欲雪,云满湖,楼台明灭山有无。
> 水清石出鱼可数,林深无人鸟相呼。

之后,苏轼常来孤山,与惠勤、惠思一起品茗论诗。他们几次想邀请欧阳修来杭州相聚,不料尚未发出邀请,欧阳老先生便作古了。

1089年,苏轼第二次来杭州,这回出任知州。当他再去孤山探望惠勤时,惠勤也过世了。苏轼看到寺中有一幅惠勤与欧阳修二人的画像,乃惠勤弟子所作。也正是这个时候,有泉水从地下涌出,苏轼大为感动,遂令人建方池,还写了一篇泉铭来纪念欧阳修。

因欧阳修晚号"六一居士",苏轼便叫它"六一泉"。至于"六一居士"的来历,欧阳修在六十四岁那年写的《六一居士传》中讲得很明白:"吾家藏书一万卷,集录三代以来金石遗文一千卷,有琴一张,有棋一局,而常置酒一壶。……以吾一翁,老于此五物之间,是岂不为六一乎?"

值得一提的是,苏轼曾在六一泉旁盖了一间草房,后人称为东坡庵。他有时会在那里宿夜，以寄托对恩师的怀念之情。可惜的是，东坡庵早已不复存在，而六一泉时断时续地流淌了近千年。

巧合的是，欧阳修晚年居住的颍州汝阴，也有一个西湖，欧阳修很喜欢颍州西湖，写过一首情真意切的词《采桑子·天容水色西湖好》。

更巧的是，苏轼离开杭州以后，短暂地回到京师开封，便去颍州做了太守，在那里他又一次与恩师神遇……

纪念欧阳修的六一泉，作者摄于孤山

林和靖：
梅妻鹤子，孤山之魂

在所有与孤山有瓜葛的人物里，与孤山"情谊"最深的当数北宋隐逸诗人林和靖，世人有"梅妻鹤子"的说法。孤山后麓有一处十级的台阶，沿着台阶往上，便是纪念他的放鹤亭，亭的周围种了一些梅花。旁边有一口小池塘，池塘中间有两只仙鹤塑像，另一侧是纪念林启的林社。

林和靖，名逋，字君复，因他选择远离世俗的喧嚣，过隐居的生活，受到世人尊重，就连远在汴梁（开封）的北宋皇帝宋仁宗都对其十分赞赏，在他死后赐谥号"和靖先生"。和靖一词意为平安、安定。我在初中语文课上便学过他的《山园小梅二首》，其中有一句印象特深：

疏影横斜水清浅，暗香浮动月黄昏。

意思是，稀疏的影儿横斜在清浅的水中，清幽的芬芳浮动在黄昏的月光中。这首诗被有些评论家赞为写梅花的最佳诗作，

孤山放鹤亭，作者摄

影响了后世诗人和作家。例如，南宋词人辛弃疾在《念奴娇·赋傅岩叟香月堂两梅》中写道："疏影横斜，暗香浮动，把断春消息。"明代散文家张岱在《补孤山种梅序》中也写道："疏影横斜，远映西湖清浅；暗香浮动，长陪夜月黄昏。"

康熙和乾隆皇帝下江南，多次来孤山后麓探访林和靖遗迹。如今放鹤亭里的御碑《舞鹤赋》就是康熙仿明代书画家董其昌的草体书写而成的。乾隆钟爱林和靖，多次为和靖先生题诗。其中一首开头一句是："先生昔隐孤山曲。"乾隆最后一次南巡时已年逾七旬，仍到孤山北麓为林和靖题诗。

天圣四年（1026），范仲淹在江苏兴化担任县令时，曾来杭州游玩，与林和靖相识相知，两人互赠了不少诗篇。也是在天圣年间，安徽宣城诗人梅尧臣曾造访西湖，那天正下着雪，他不仅见到了林和靖，还听到了林和靖吟诵诗文。梅尧臣曾在《林和靖先生诗集序》中写道："其谈道，孔孟也；其语近世之文，韩李（韩愈、李白）也。"

林和靖是宁波奉化大里黄贤村人。明嘉靖《奉化县图志》记载："黄贤村处士林逋所居，后隐杭之西湖。"民国时期，黄贤村有梅鹤学堂，这所学堂的校歌歌词有："梅鹤学堂之名称，得之林和靖，孤山植梅三百零，骑鹤拒朝廷……"黄贤是靠近象山港的一个村落，我曾和家人去那里游览，见到不少游人。黄贤村的剧院叫梅鹤剧院，公园的亭子上也有林和靖的诗句。

因为父亲早逝，林和靖家里经济状况不佳。他幼时勤奋好学，长大后，常在江南一带漫游。林和靖与大多数文人不同，他才华横溢，却不愿意应试考取功名，而是选择当隐士。林和靖漂泊了半生，四十余岁来到杭州，在西湖孤山盖了一间茅屋，隐居了二十余年。

林和靖在孤山时，经常走访周围的寺庙，结识了许多高僧。他在家里养了白鹤，并在周围种植梅花。林和靖终身未娶，时而吟诗，时而作画。他把梅花当作妻子，把鹤当作儿子。

林和靖有个养子，本是他的侄儿。养子第六代子孙叫林净因，是日本馒头的始祖。沿放鹤亭侧边的台阶往上走，便是纪念林净因的净因亭。

写到这里,我有些好奇,林和靖为何一生未娶妻呢?据说有盗墓贼挖他的墓,发现里面有一方端砚和一支玉簪,这可能与他终生未娶有关。他曾作《长相思》,词中感叹两个相爱的人没有走到一起,最终导致心静如水。原文如下:

>吴山青,越山青,两岸青山相对迎,争忍有离情? 君泪盈,妾泪盈,罗带同心结未成,江边潮已平。

虽然许多文化名人甚或政客商贾都到过孤山,但唯有林和靖扎根孤山,在此终老,堪称孤山之魂。人的一生十分短暂,孤独可谓常态,林和靖给予我们凡人以安慰。只是我还有一个疑问,林和靖被历代文人墨客赞赏甚或膜拜可以理解,可是,皇帝们对他的褒奖却有些令人费解,毕竟他是个自由散漫的文人。或许,我们可以解释为盛世皇帝借他笼络人心?

林和靖去世后将近两个半世纪,即1276年,蒙古大军兵临城下,不满五周岁的宋恭帝赵㬎(1271—1323)在皇太后谢道清的怀抱里投降了。

宋恭帝随后被押赴元大都(今北京),后来又转移至元上都(今内蒙古锡林郭勒盟)。元世祖忽必烈接见了赵㬎,封他为瀛国公,并且给他许配了一位蒙古公主。那位蒙古公主孛儿只斤氏为他生下儿子赵完普。

十九岁那年,赵㬎携家眷到西藏喇嘛庙里出家,得法号"合尊",此后为了忘却过去的伤心事,潜心学习藏文。皇天不负有心人,赵㬎成为高僧和翻译家,还做了日喀则萨迦寺的住持。他的译著有《百法明门论》和《因明入正理论》(唐代玄奘法师初译),并在扉页留下了题字"大汉王出家僧人合尊法宝"。

这段历史奇事的结尾出人意料。1323年的一天,赵㬎忽然怀念起故乡杭州的山山水水,写下了这样一首诗:

林和靖墓,作者摄于孤山

寄语林和靖，梅花几度开。

黄金台下客，应是不归来。

密探认为赵㬎是在鼓动江南人心，便上报了元英宗，于是赵㬎便被赐死了，据说地点是在河西（今甘肃张掖）。那里如今也是一座旅游名城，拥有丹霞和雪山之美。在元朝末年，曾有人借用赵完普的名号反元。

苏东坡：
他的名字与白居易有关

在孤山路东端，与平湖秋月相对的地方有白苏二公祠，是清代浙江巡抚阮元提议建造的。两位有恩德于杭州的大诗人分别生活在唐朝和宋朝，相隔两个多世纪，以他们名字命名的两条堤坝，与他们为西湖撰写的诗歌一样，为西湖增光添色。那么白居易与苏东坡之间，是否还有其他关联呢？

带着这个疑问，我查阅了有关资料，有了惊喜的发现，原来，苏东坡的号竟然与白居易有关。他两次在杭州为官之间，因"乌台诗案"被贬到黄州（今湖北黄冈），担任团练副使。那是一个很低的职位，薪水微薄，为了补贴家用，苏轼到城东一块坡地上垦荒种田。一日，他忽然想起白居易曾写过两首《东坡种花》，便开始自称"东坡居士"。这个雅号从此沿用下来，以至于百姓更愿意称他为苏东坡。

我同时发现，白居易原本就是苏东坡敬仰的诗人。白居易就任杭州刺史之前，也曾遭排挤，被贬忠州（现重庆忠县），但他自得其乐，如同他的字"乐天"。不仅如此，白居易还在忠州

东郊的山坡上种花,这才有了前面说的那两首诗,其中两句是这样的:

东坡春向暮,树木今何如?
漠漠花落尽,翳翳叶生初。

只是白居易没有称自己"东坡",这才让苏东坡有了起雅号的机会。不仅如此,东坡先生还给自己主持修筑的西湖苏堤上的六座桥一一取了名,其中"映波"代表春天,春满江南;"锁

杭州苏东坡纪念馆,苏步青题,作者摄

澜"代表夏天，锁住波澜；"压堤"代表秋天，秋水宜人；"望山"代表冬天，万物沉默。值得一提的是，这四座桥名也是西泠印社定制的四方铜木印章的名称。

再后来，我又发现，苏东坡还曾多次将白居易的诗句，巧妙地化用在自己的诗词中。话说苏轼因"乌台诗案"被贬黄州时，还有二十多位与他交好的朋友受牵连，其中一位叫王巩的诗人最为悲催，被贬谪到当时十分偏远的宾州，监盐酒税。苏轼十分愧疚，写诗说"兹行我累君，乃反得安宅"。王巩北归时，苏轼十分开心，摆了一桌酒席为其接风洗尘。

席间，苏轼见王巩气色很好，便对主动陪王巩去宾州，且悉心照顾他的歌女柔奴大为赞赏，并问道："岭南应该很苦吧？"没想到柔奴摇了摇头，随口说了句"此心安处，便是吾乡"，苏轼听后，灵感迸发，写下一首《定风波》，其末句道：

试问岭南应不好，却道，此心安处是吾乡。

看来，是柔奴的回答给了苏轼灵感，但这句词，其实来源于白居易早年被贬江州，告别长安友人时写的诗《初出城留别》："我生本无乡，心安是归处。"

又如，白居易的《三月三日祓禊洛滨》描写了阳春三月，天气晴好，众人游乐的热闹场景："三月草萋萋，黄莺歇又啼。柳桥晴有絮，沙路润无泥。"苏轼在黄州时期作有《浣溪沙·游蕲水清泉寺》，其上阕道："山下兰芽短浸溪，松间沙路净无泥，萧萧暮雨子规啼。"这首词描绘的也是初春时节，是山间寺庙周边清新宁静的美好景致。

不过，苏东坡有时也会反其意而为之。例如，白居易在《自咏》一诗中写道，"百年随手过，万事转头空"。1079年，四十三岁的苏东坡三过扬州平山堂，瞻仰欧阳修的手迹，心生感慨，也写下了《西江月·平山堂》一词，末句是："休言万事转头空，未转头时皆梦。"在苏东坡看来，人其实都活在自己编织的梦里——这梦，便是生命的牵挂；这梦，虽空幻，但也可以很美。

苏东坡塑像，蔡天新摄于眉山

琴操：
"淡妆浓抹总相宜"

位列"西湖十景"之一的"苏堤春晓"是大文豪苏东坡对杭州的贡献。作家林语堂在《苏东坡传》里写道，1090年，苏东坡在杭州瘟疫流行时创建了中国最早的公立医院——安乐坊。还有闻名遐迩的美食东坡肉，已成为脍炙人口的美味佳肴了。当然，苏东坡这位知州对杭州还有一个特别的贡献，便是他为西湖写的那首脍炙人口的诗《饮湖上初晴后雨》：

水光潋滟晴方好，山色空蒙雨亦奇。
欲把西湖比西子，淡妆浓抹总相宜。

这首诗与白居易的词《忆江南》应是杭州这座旅游城市最好的广告词了，而白居易的词并未提及西湖。至于苏东坡写这首诗的灵感，据说来自当红歌妓琴操。北宋时期，作家方勺的小说《泊宅编》里有他们的故事。

有一天，苏东坡在西湖游玩时，他的船只正好与琴操乘坐的小舟轻轻相撞,两人因此结识,并给我们的大诗人带来了灵感。说起琴操,她本姓蔡,名云英,原本是大家闺秀,幼时受到良好的教育,擅长琴棋书画,在歌舞诗词方面也颇有造诣。

琴操墓,作者摄于临安玲珑山

不幸的是,琴操十三岁那年,家里出了大事,父亲被关进大牢,家产被官府没收,母亲一气之下身亡,她被迫沦为歌妓。琴操天资过人,因改韵演唱秦观的《满庭芳》而红遍杭城。

琴操遇见东坡时年方十六岁。她不仅貌美如花,且才华出众,对大文豪苏东坡十分仰慕,于是,就有了一段忘年交。后来,东坡劝其从良,按照林语堂先生《苏东坡传》的描述,苏东坡"把白居易写歌妓末路生活的诗句念给琴操听",导致琴操"遁入空门修道为尼"。琴操出家的地点在杭州临安玲珑山的卧龙寺。

白居易有一歌姬名樊素,有一舞妓名小蛮。白居易对这两人甚是喜爱,为她们写了许多诗文。唐代孟棨《本事诗》云:

"白尚书姬人樊素，善歌；妓人小蛮，善舞。尝为诗曰：'樱桃樊素口，杨柳小蛮腰。'"

白居易晚年得了风痹之疾，腿脚不便，只好卖掉好马并让樊素嫁人。可是，马儿反顾而鸣，不忍离去，樊素也伤感落泪。白居易遂作一首《杨柳枝》，送其出嫁："两枝杨柳小楼中，袅袅多年伴醉翁。明日放归归去后，世间应不要春风。"

俗话说"红颜薄命"。琴操二十五岁那年，不幸染病身亡，葬在玲珑山上。据说民国时期，林语堂在作家郁达夫的陪同下，曾专程前往玲珑山凭吊。或许，那时林语堂便有了为苏东坡作传的打算。我在临安念书时曾去玲珑山游玩，看到琴操墓，才第一次知道她。相隔近千年以后，琴操墓早已失修，十分简陋，我们路上也未遇见其他游人。不过我想，如果临安区政府能够对琴操墓加以修缮，再借东坡之名适当宣传，应该会成为吸引游人的一个景点。

岳飞：
文武双全，遇难处如今是家四星级酒店

岳庙，又称岳王庙，是为了纪念南宋抗金英雄岳飞（1103—1142）而设立，建成于1221年，2021年是它建成的八百周年。

岳飞生于相州汤阴县（今属河南）一户普通农家，早年以沙为纸，以树枝为笔，以柴火为灯，喜欢读书，尤其是《左传》和《孙子兵法》。与此同时，岳飞拜师学武，苦练本领。传说岳母在他的背上刺了"精忠报国"四个字，让他铭记国仇家恨。北宋末年，金兵入侵中原，"靖康之变"爆发，徽宗和钦宗被虏至北国。赵构在商丘登基，后定都临安（今杭州）。岳飞二十岁从军，一生战功卓著，位列南宋"中兴四将"之首。他那首气势磅礴的《满江红》，上阕是：

> 怒发冲冠，凭阑处、潇潇雨歇。抬望眼，仰天长啸，壮怀激烈。三十功名尘与土，八千里路云和月。莫等闲、白了少年头，空悲切。

杭州六公园的风波亭,作者摄

经过多年的战争,宋金对峙的军事分界线逐渐形成。以高宗赵构、宰相秦桧为首的投降派,希望与金人议和,这样既能保留他们的小朝廷,又不必接回徽宗和钦宗。岳飞、韩世忠("中兴四将"之一)等抗金派,希望收复中原失地,成了投降派的最大障碍。1139年,岳飞在鄂州听说宋金和议即将达成,立即上书表示反对,并抨击秦桧用心不良,招致忌恨。

1140年五月,金军撕毁议和协议,分四路兵马南下。起初,宋军没有准备,节节败退,城池纷纷沦陷。后来,宋高宗命岳飞和韩世忠等出战,此时岳飞已在鄂州整训三年,他们东西两路都打了胜仗,失地纷纷被收复,尤其在郾城和朱仙镇取得大捷,打得金军发出"撼山易,撼岳家军难"的哀叹。正当金兀术准备撤离汴梁城时,岳飞却连续接到十二道金牌,被迫班师回朝。

返回临安后,秦桧诡称岳飞长子岳云写信给张宪,让张宪向朝廷谎报金人入侵,以便岳飞夺回兵权。赵构听信谗言,下令把岳飞关押在小车桥大理寺狱中,监察御史万俟卨对其严刑逼供。绍兴十一年十二月（1142年1月），岳飞被处死，年仅三十九岁；同日，二十多岁的岳云和张宪在众安桥被问斩。据说岳飞是被狱卒击打肋部致死，也有说被毒死或吊死的。狱卒隗顺冒险将岳飞遗体背出城外，埋在钱塘门外九曲地下五显神祠附近。在小说《说岳全传》中，岳飞遇难后，其十三岁的女儿岳银瓶投井身亡。

1162年，宋太祖赵匡胤七世孙宋孝宗继位，第二个月他便为岳飞平反，将岳飞、岳云父子遗骸迁葬于西湖西北的栖霞岭下，岳飞爱将张宪则葬于附近的仁寿山。其时宋高宗已退位，为太上皇。1204年，孝宗的孙子宋宁宗赵扩追封岳飞为鄂王。1221年，他下令将原智果院改为祭祀岳飞的祠庙，即岳庙。因之前岳飞被追授鄂王，故也称岳王庙。

值得一提的是，宁宗虽有九个儿子，但未成年即——夭折。于是，宁宗养子、宋太祖十世孙赵询被立为皇太子，不幸他也于1220年病故，年仅二十八岁，谥号景献。赵询葬于西湖西南侧，即今天的太子湾公园所在地。如今太子湾公园绿草如茵、花团锦簇，是新人拍婚纱照的理想场所。经历众多骨肉分离之后，宋宁宗想必有仁厚之心，故赵询去世翌年，岳庙开始修建。

如今，当年的小车桥已无存，只余同名的公交车站，风波亭也早已在战火中焚毁。至于小车桥的具体位置，是在西湖东北角，今天的四星级酒店望湖宾馆与海华大酒店之间。2004年，应广大市民的请求，杭州市政府在望湖宾馆西侧的湖滨六公园，依照宋代样式重建了风波亭和风波桥，并在亭旁建纪念岳银瓶的孝女井。

岳庙起初叫"褒忠衍福禅寺"，后改成"忠烈庙"，经历了宋、元、明、清四个朝代，现在的岳庙是清代重建的。岳庙分成墓园、忠烈祠、启忠祠三部分。岳王庙大门，正对西湖五大水面之一的岳湖，岳庙与岳湖之间，高耸着"碧血丹心"石坊。岳飞彩色座像上方悬着"还我河山"横匾，据说是岳飞本人手迹，左右两侧各悬"碧血丹心"与"浩气长存"横匾，分别为西泠印社两任社长赵朴初和沙孟海所书。1961年，岳庙成为浙江省三处全国首批重点文物保护单位之一，另两处是杭州六和塔和宁波保国寺。

纵观全国，有数十处岳王庙，且有"四大岳王庙"之说。除了杭州的岳王庙，还有三座在河南汤阴、开封朱仙镇，湖北武昌（岳飞被追授鄂王）。武昌岳王庙是第一座岳王庙，清朝毁于战乱后由广东新会岳王庙取而代之。每个岳王庙里都有秦桧、王氏（秦桧夫人）、张俊（"中兴四将"之一，后参与迫害岳飞）、万俟卨四大罪人下跪塑像。汤阴岳王庙除正殿外，还有贤母祠、施全（试图刺杀秦桧未成）墓，也是全国重点文物保护单位。

赵构：
南宋第一个皇帝

1107年，赵构出生于北宋都城开封，是皇帝兼艺术家宋徽宗的第九个儿子、北宋最后一个皇帝宋钦宗赵桓同父异母的弟弟。赵构自幼聪慧，博闻强识。他擅长诗词、音律、书法，尤精草书、行书。1121年，赵构被封康王。

靖康元年（1126），金兵首次包围开封。翌年，他们攻下了开封城，俘虏徽宗和钦宗北去，史称"靖康之变"，北宋灭亡。赵构幸免于难，先前他奉命出使金营，至磁州，被守臣宗泽劝阻。国不可一日无君，1127年，赵构在南京应天府（今河南商丘）称帝，改年号为建炎，南宋就此建立。

赵构称帝之初，先是逃到扬州。建炎三年（1129），金兵突袭扬州，他狼狈渡江，经镇江等地逃到杭州。待金兵渡江后，为躲避追击，他又逃往越州（绍兴）、明州（宁波）、定海（舟山）、温州和台州。同年，他下诏升杭州为临安府。

值得一提的是，中国历史上颇有才华的女诗人李清照，也因"靖康之变"受尽磨难。她在南逃途中写下："生当为人杰，死亦作鬼雄。至今思项羽,不肯过江东。"(《夏日绝句》)也曾与同父异母的弟弟李迒一起,跟随赵构的足印,到达台州,如同她在《金石录后序》中所写:"走黄岩,雇舟入海,奔行朝,时驻跸章安……"

1130年,金兵从江南撤离,赵构才又回到越州和临安,并将临安定为行在。翌年,赵构改年号为绍兴,意思是"继承"和"中兴"。绍兴八年(1138),南宋正式定都临安。

可以说,由于吴越国把杭州建设成繁华之都,金国灭亡北宋,加上其特殊的地理位置,杭州才被赵构选定为南宋国都。

高宗晚年,温州诗人林升写过一首《题临安邸》,一句"暖风熏得游人醉,直把杭州作汴州"传诵至今。这首诗一方面批评了南宋小朝廷偏安东南一隅,另一方面也说明了当时的杭州经济繁荣。

1162年,做了三十六年皇帝(其中在杭州三十年)的赵构,以"倦勤"为由,传位给养子赵昚,是为宋孝宗,赵构自己做了太上皇,也是中国历史上当太上皇时间最长的皇帝(二十五年又三个月)。赵昚是嘉兴人,为宋太祖赵匡胤七世孙,而赵构是太祖弟弟宋太宗赵匡义的后裔。赵昚即位后为岳飞平反,为南宋的复兴做出很大的贡献,此后宋朝皇帝血统又回到赵匡胤一脉。

赵构在杭州共五十五年。美丽的西湖近在咫尺,他制订了各种措施予以保护。例如,禁止种植菱角和占湖为田,设立管理处，建造挖泥船。当他乘龙舟游西湖时，允许百姓沿湖设摊叫卖，进行吹弹、杂剧等艺人表演。高宗还发掘出一道美食，有一天，他游湖时听见开封口音的叫卖声，便召见了厨娘，品尝了她做的鱼羹，并大加赞赏。从此"宋嫂鱼羹"的美名传开，且流传至今。

上述故事见诸南宋作家周密的《武林旧事》。此书中还写到，为避免扰民，赵构在颐养天年的德寿宫（秦桧故居改建，遗址在今杭州市河坊街附近）仿建了小西湖——凿有大龙池，引西湖水注入，又叠石为山，作飞来峰，景色与西湖无异，宛若天成。

以"满园春色关不住，一枝红杏出墙来"闻名于世的龙泉诗人叶绍翁，其《四朝闻见录》里则提到赵构与西湖西侧九里松牌匾的故事。

话说一位叫吴说的官员要到外地任职，特来向赵构辞行。赵构对他说："朕有一事，经常感到歉疚。你题写的'九里松'牌匾甚佳，后来朕也题写，但是终究不如你。应当把你题写的牌匾重新悬挂起来。"吴说顿首称谢。后来

南宋第一个皇帝赵构像，佚名作

赵构果然让人在天竺寺的库房里找到吴说题写的牌匾，重新悬挂在九里松入口。

赵构因为对金媾和、杀害岳飞而饱受非议，不过他定都临安，对于杭州的城市发展具有十分积极的意义，是杭州乃至浙江的宋韵文化的滥觞。中国历史上有众多皇帝，寿命超过八十岁的仅有五位（正统王朝），依次是梁武帝萧衍、武周武则天、宋高宗赵构、元世祖忽必烈和清高宗弘历（即乾隆）。这其中，赵构是享受"退休"时间最长，晚年过得较为宁静安逸的一位。

赵构《临兰亭序》

武松与盖叫天：
小说中与现实中的行者

沿北山路水边，从苏小小墓向西走约50米，可以看到一座用青石砌成的"宋义士武松之墓"，正对着美丽的西湖。除了墓碑，还有一座石牌坊，牌坊两侧有一副楹联，分别是"失意且伍豪客""得时亦一英公"，没有署名。我查到它是老作家冯骥才撰写的，文辞既委婉，又有诗意。

无论得与失，武松都不愧为一代豪客。武松墓初建于1924年，毁于1964年那个寒冷的冬天，多年以后重建。因其东西北三面都有高大的树木或灌木，所以走在北山路上是看不见的，得沿着湖滨的石板小路行走才能看见。

不经意到此一游的游客都会问，此处的武松可是明代作家施耐庵的小说《水浒传》里写到的那位赫赫有名的打虎英雄行者武松？

某些方志说，现实中的武松虽也生活在北宋，却是一个江湖艺人，因其武功高强，入杭州府当了都头，并成为知州心腹。后因知州得罪权贵，遭诬陷并被罢官，武松因此受牵连，被逐出衙门。更糟糕的是，继任知州蔡鋆是太师蔡京的儿子。他倚仗父亲的权势，无恶不作，人称"蔡虎"。武松一怒之下在路上将其拦住并刺死，随后他被抓获，惨死狱中。

看来小说里的武松承载了现实中武松的豪气和胆魄。不过，小说里的武松事迹不尽相同，他被人称为"行者"。行者武松为了替兄报仇，怒杀奸夫淫妇。更让百姓津津乐道的是，小说里的武松赤手空拳打死一只老虎，留得一世英名。

西湖边的武松之墓，作者摄

在小说里，宋江打败方腊后，班师回朝路过杭州，武松与鲁智深不愿到开封做官，便留在了钱塘江边，在六和寺做了和尚，武松活到八十岁才圆寂。我从未见过六和寺，当然也未见过梁山好汉武松的墓，只看到六和塔仍屹立在水边。六和又称六合，取"天地四方"之意，而在数学里，6是最小的完美数，即等于它的真因子之和（$6=1+2+3$）。

虽然知道此武松非彼武松，但每回看见西泠桥畔的武松墓，我总会想起那位打虎英雄。毕竟他们俩都生活在北宋，都力大无比，都与杭州有缘，面对的都是奸臣蔡京那样的恶人，都为民除害，打死的都是"老虎"。只是，现实中的武松命运比小说中的武松更为悲惨。可以告慰的是，他最终得以长眠在美丽的西子湖畔。

值得一提的是，在西湖西侧，还安葬着一位"活武松"，那便是著名京剧演员盖叫天（1888—1971）。盖叫天本名张英杰，河北高阳人，自幼入天津戏班，习武生，后改习老生，倒嗓后仍演武生。他十岁开始登台，一开始艺名为"小小叫天"，因为当时的"伶界大王"谭鑫培的艺名叫"小叫天"。没想到他因此惨遭群嘲，被讥不自量力，他一怒之下更名"盖叫天"，意为超过谭鑫培。

成名以后，盖叫天长期在沪杭一带演出，擅演《武松》（包括《打虎》《十字坡》《快活林》等），以其武打技艺和形体美著称，形成了独具特色的"盖派"艺术，陈毅元帅题诗"燕北真好汉，江南活武松"。1949年后，盖叫天定居杭州，任浙江省文联副主席、中国戏剧家协会浙江分会主席。

1963年，在周恩来提议下，盖叫天被邀请主演了电影《武松》。"文化大革命"期间，盖叫天受尽折磨，1971年1月15日凌晨，他在饥寒交迫中去世。1986年，省政府重修了丁家山由盖叫天生前自建、"文化大革命"中被毁的寿坟，将其骨灰移葬此处。那是在杨公堤刘庄一侧，"艺人盖叫天之墓"前的门楼和石坊上，题有黄宾虹手书的"学到老"匾额和沙孟海等人撰写的楹联。

西溪湿地的武松像，传说施耐庵曾隐居于西溪，作者摄

元

马可·波罗：意大利人在杭州[①]

马可·波罗（约1254—1324）是闻名于世的意大利旅行家，他在元朝时来过中国，游历了很多地方，包括他特别喜欢的杭州。他眼中的西湖或孤山又是什么样的呢？

1271年，十七岁的马可·波罗随父亲和叔叔等人从故乡出发，他们不远万里，来到中国，受到元朝开国皇帝忽必烈的接见，随后奉其命巡视各地，考察并游览了杭州，他在书中称杭州为"天城"。

那时杭州已做过吴越国和南宋首都，甚是繁华，他在书中用了极长的篇幅来叙述他在杭州的所见所闻。马可·波罗在杭州流连忘返，把他看到的都记在脑子里，在他的记忆里，杭州简直是"人间天堂"。"这座城市位于一个淡水湖与一条大河之间"，他说的这个淡水湖无疑就是西湖，而大河就是钱塘江了。

依照马可·波罗的叙述，杭州的街头车水马龙，道路很宽

---

① 本篇依据《马可·波罗游记》梁生智译本，中国文史出版社1998年版。

敞，城里有很多商铺和市场。市场上出售不同种类的猎物——鹿、野兔、鹌鹑、家禽，以及水果，等等。"每天都有大量的海鱼从河道运到城中"，看来那时杭州人就喜欢吃海鲜了。因为本地生产绸缎，加上从外地运来的，所以他看到居民平日多穿绸缎衣服。如此说来，"丝绸之都"的美名由来已久。

《游记》中也写到，杭州城中有12000座桥梁，这在今天看来似乎难以想象，马可·波罗该不会把杭州与他的故乡威尼斯相混淆了吧？但他说大运河上的拱桥都建得高高的，倒是实情，比如杭州如今的拱宸桥。他还写到，杭州社会秩序良好，男男女女"容貌清秀，风度翩翩"，喜好装饰，建筑华丽，邻里关系和睦，"男人对自己的妻子表现出相当的尊敬"。

书中还写到，大湖中有"大量的供游览的游船或画舫"，可载人数不一，这与今天也十分相似，只不过那时都是手摇船罢了。

"湖心处有两座岛"，人们喜欢去那里办喜宴。他说的那两座岛应是三潭印月和湖心岛了，因为西湖三岛之一的阮公墩是清代才有的。写到这里，我忽然发现，马可·波罗并没有提及西湖周边的群山，如宝石山、吴山、玉皇山、南北高峰等。我又仔细读了一遍，还是没有找到。

翻遍全书，书中只是讲到一个洞穴："街车就在这种街道上往来驰骋……那些喜欢游乐的男女常常雇它代步……他们中有些人是专门去游花园的，他们一到园中就被那些管理花园的人引到阴凉的洞穴去休息。"我想这个洞穴应该是山洞,很可能是宝石山下的黄龙洞。小时候我家离黄龙洞只有几百米远,经常和妹妹去那里玩。现在那里是个公园,常有杭州人去那里唱越剧或打太极拳。

或许马可·波罗没到过孤山,即使到过了印象也不深。事实上,他来杭州时,离开故乡意大利已快十七年了,思乡之情甚切。辞别杭州后,马可·波罗南下福建,从泉州搭船返回。

1298年,他回国后碰到威尼斯人与热那亚人开战,不幸卷入战争并被俘。他在热那亚的狱中遇到了作家鲁思梯谦,这个狱友将马可·波罗口述的东方游历记录下来,便有了今天的《马可·波罗游记》。

虽说孤山没有留下马可·波罗的痕迹,但杭州人民为了纪念这位意大利人,在西湖东岸的六公园为他立了一座青铜全身像。

西湖边的马可·波罗塑像,作者摄

林净因：
他把馒头带到日本

我写过孤山的两位林先生——梅妻鹤子的宋代隐逸诗人林和靖和创办浙江大学前身求是书院的杭州知府林启。近日，我在阅读一本有关西湖的书时，发现孤山还有一位林姓人氏——林净因，他的纪念碑就在林和靖的放鹤亭和纪念林启的林社近旁。不查不知道，一查吓一跳，林净因竟是日本馒头家族的始祖，日本人最尊敬的中国人之一。

接着我又发现，林净因还是林和靖的七世孙。想必读者好奇了，终身未娶的林和靖怎么会有后代呢？原来，林和靖的兄弟曾把一个儿子过继给了他，林净因正是这位继子的第六代孙，他生活的年代是元朝。

众所周知，唐代以来，有许多日本人来中国留学，这中间有不少是僧人。元代时有位日本青年叫龙山德见，他渡海来到宁波天童寺学习佛经，后来成为一名高僧，招收了不少俗家弟子，林净因便是其中之一。1349年，年届七旬的龙山已在中国生活了四十五年。他思乡深切，乘船回到日本。林净因为了照料师父，便陪同他去了古都奈良。在龙山出任京都建仁寺住持时，林净因跟着师父去了京都。

那时候，日本的食品制作工艺水平不高，面食难吃，僧人的伙食也比较差。林净因便用自己在中国学到的手艺，制作出一种新的点心。这种点心类似于现在的包子，里面是豆沙馅。这在今天看来非常普通，但在当时的日本却让人惊喜，连贵族和皇室成员品尝后都赞不绝口。后来，天皇接见了他，并将一名宫女许给他做妻子。

林净因在自己的婚礼上制作了红白双色馒头，也被日本人纷纷效仿。婚后，林净因夫人生下两男两女，他的后人在日本开设了一家叫"盐濑总本家"的馒头店（盐濑是他家所在街道的名字），延续了六百多年，一直传承至今。那么林净因的纪念碑为何在孤山呢？

原来，林净因在日本娶妻生子、事业成功的同时，非常想念故乡宁波奉化和父老乡亲，尤其是师父龙山德见去世以后，他更想回家乡看看了。1359年，在日本生活了约十年以后，林净因暂别妻儿回国。

那个年代渡海非常艰难，林净因这一别就再也没有回到日本。尽管没有了他的音信，他的家人仍顽强地生活下去，并继续传承他的手艺，在京都开馒头店。多年以后，林净因的后代不仅把他的手艺传承下来，还使其美名远扬，同时，寻找机会来中国寻祖。

15世纪，幕府将军足利义政为林氏馒头店立了招牌，传到今日已是第三十四代了，传人叫川岛英子。她的馒头店生意依然兴旺，是日本最著名的馒头店之一。作为馒头业始祖的林净因自然也十分让人尊敬和怀念，以至于古都奈良专门为他设立了林神社和林神殿。

孤山净因亭,作者摄

每年4月19日，林神社会举行馒头节。在京都，有一条街叫作"馒头街"，还有一栋写字楼叫"盐濑大楼"，顶楼就是川岛英子的办公地。除了出售盐濑馒头外，大楼内还设置了茶室和茶道教室。

林净因的后代不仅把他的手艺传了下去，还为了寻祖多次来到中国，并趁机学习新的制作工艺。除了奉化，他们还来到杭州孤山。1994年，经杭州市政府批准，他们在参拜了放鹤亭和林和靖墓之后，选择近旁一块空地，修建了林净因纪念碑和净因亭。也因此，西湖有了"孤山三林"。

于谦：
明朝因他"续命"两百年

西湖有"三杰"，分别是岳飞、于谦、张苍水。三人都是英雄，也都与杭州西湖结下了不解之缘。于谦（1398—1457）是钱塘（今杭州）人，他比岳飞晚出生近三个世纪，成就不逊于岳飞，知名度却远不如岳飞。

于谦祖籍考城（今河南民权），后来其太祖举家迁至苏州，他的曾祖父任杭州路大总管，于家遂定居杭州。他从小刻苦读书，志向高远，气度不凡，他的偶像是南宋末年的政治家、诗人、军事家文天祥，后者是抗金英雄，被视为"宋末三杰"之一。七岁那年，有个和尚惊奇于于谦的堂堂相貌，称"这位将来会是拯救时局的宰相"。

于谦十多岁时，写下了一首《石灰吟》，收在今天的小学语文课本里：

千锤万凿出深山，烈火焚烧若等闲。
粉骨碎身全不怕，要留清白在人间。

于谦墓,作者摄于三台山

在诗中,于谦用石灰来抒发自己的高洁情操,即使粉身碎骨也不怕。这首诗表达了他的人生追求,可以说,于谦的《石灰吟》堪与岳飞的《满江红》媲美。

于谦二十三岁考中进士,从此踏上仕途。1426年,明成祖朱棣的第二个儿子、汉王朱高煦起兵谋反,于谦随明宣宗朱瞻基出征平乱,受到皇帝赏识,后巡抚河南、山西,并任兵部右侍郎。1449年七月,瓦剌人入侵明朝边境。明英宗朱祁镇御驾亲征,八月十五日,兵败土木堡,英宗被瓦剌人俘虏,20万精兵只剩老弱病残。

在这民族和国家危亡关头，于谦力排首都南迁之议，坚请固守，随后他升任兵部尚书。不久，英宗异母弟代宗即位。面对瓦剌军气势汹汹来犯之势，于谦调兵遣将，部署要害，并亲自督战，率军于北京九门外，誓死与瓦剌军决一死战。瓦剌军先是挟持英宗逼明军就范，于谦以"社稷为重，君为轻"，不同意苛刻条件。瓦剌军屡战屡败，于谦取得了北京保卫战的胜利。一年以后，迫于无奈，瓦剌人答应释放英宗。

起初，代宗不愿意接回英宗，还是于谦说了一句，"帝位已经定了，不会再有更改，只是从情理上应该把他接回来"。于是英宗被接回。与此同时，明朝的军队丝毫不受影响，依然保持高度警惕和战斗力，瓦剌军无奈，只得议和。之后，于谦依然号令明审，令行政达，他遣兵出关屯守，确保边境安宁，使得一度危在旦夕的明朝转危为安。

1457年正月，乘代宗病重之际，英宗在石亨、徐有贞等人的支持下复辟，石亨、徐有贞等人诬陷于谦有谋反之心，致使其含冤遇害。那年正月二十三日，于谦被押往崇文门外，在他拼死保卫过的城市，得到最后的结局——斩决，时年五十九岁。都督同知陈逵被于谦的忠义感动，收殓了他的遗体。

一年以后，于谦的女婿朱骥扶于谦灵柩归杭，葬于西湖西边的三台山于氏祖坟。直到明宪宗时，于谦才被复官赐祭，孝宗、神宗时期，又相继被追谥，《于忠肃集》得以刊印。

陈洪绶：
美女骑马求画，他为她手写的诗今犹在

在西湖西南角花港公园东门附近有一个面积3000多平方米的蒋庄，从1950年到1966年，国学大师马一浮先生在此居住。离蒋庄不远处，通往苏堤的路上有一座定香桥（在映波桥和锁澜桥之间）。这座桥不仅有着香艳的名字，同时也有一则浪漫的故事。

1620年春天，在美丽的西子湖畔，发生了一件令明代大画家陈洪绶难以忘怀的事，当时他还只是个二十三岁的青年。有一天，貌美如花的名妓董飞仙骑着桃花马来定香桥找他。她带着亲手剪的丝织品，请画家为她画一幅莲花。

多年以后，身在北国的画家还梦到过这位美女，并为她写下一首诗《梦故妓董香绡》：

> 长安梦见董香绡，依旧桃花马上娇。
> 醉后彩云千万里，应随月到定香桥。

画家为这位美女用行书书写的另一首诗也与西湖有关，如今墨迹收藏在台北故宫博物院。全诗如下："桃花马上董飞仙，自剪生绡乞画莲。好事日多常记得，庚申三月岳坟前。"这位风流潇洒的画家陈洪绶是哪里人氏？他的艺术成就到底如何呢？

陈洪绶像，佚名作

1598年，陈洪绶出生于绍兴府诸暨县（今诸暨市）枫桥陈家村。幼名莲子，号老莲，明代著名画家、书法家、诗人。也就是说，陈洪绶是越国美女西施的老乡。

陈洪绶祖上是官宦之家，但到他父亲一辈家道已中落。他幼时即显露出极高的绘画天赋，相传四岁时到已定亲的岳父家里读书，见到新粉刷的雪白墙壁，便站到桌椅上，画了一幅八九尺高的关公像。他画得栩栩如生，岳父见了吓得赶紧跪拜。

陈洪绶九岁那年，父亲去世，他被送到钱塘画家蓝瑛那里学习花鸟画。蓝瑛见到小洪绶画的人物画，自愧不如，从此不再画人物，并赞叹："使斯人画成，道子、子昂均当北面。"吴道子和赵子昂（赵孟頫）分别是唐代和元代著名画家，"北面"意指行敬师之礼。

不到二十岁时，陈洪绶的祖父和母亲又相继去世，他的哥哥一心想独吞家产，陈洪绶便把自己的一份拱手相让，从此离开了故乡。他先是客居绍兴，师从阳明学派的学者刘宗周，深受其学识人品影响。又到杭州府学，临摹北宋画家李公麟七十二贤石刻像。1616年冬，陈洪绶仅用两天时间画成《九歌》十一幅和《屈子行吟图》一幅。

1630年，三十三岁的陈洪绶会试未中。九年以后，他宦游北京，以捐资入国子监，召为舍人，奉命临摹历代帝王像，因而得观宫内所藏名画，技艺益精，名扬京华，与京城画家崔子忠齐名，有"南陈北崔"之誉。

1643年，陈洪绶南归，回到绍兴，寄寓于已故画家徐渭的故居青藤书屋。清兵入浙以后，老师刘宗周绝食身亡，师弟祁彪佳自沉殉国，陈洪绶入绍兴云门寺，削发为僧，改号悔迟、老迟。一年后还俗，以画画为生，往来于绍兴和杭州之间。他常与好友张岱等一起饮酒，也常在定香桥作画。

陈洪绶画的仕女，装束古雅，眉目端凝，古拙中透露出一丝妩媚，因此颇为爱好者和收藏家所喜爱。他有自己的原则和傲骨。相传有一名官员，为了得到陈洪绶的画，声称自己有幅古画，不知是宋画还是元画，请陈洪绶到船上帮助鉴定。不料他拿出来的是绢纸，此时船已离岸，官员执意要陈洪绶为他作画。陈洪绶勃然大怒，一边骂他，一边脱衣服，准备跳水，官员无奈，只得作罢。

陈洪绶在浙东时，被清军俘获。清军将领大喜过望，当即命陈洪绶为他画画。不料，即便把刀架在陈洪绶的脖子上，他也始终不肯。最后还是以美酒美人招待，清军将领才得偿所愿。

陈洪绶虽然风流成性，但对家人却很是体贴。发妻萧山来氏早年病亡后，他又娶了杭州韩氏，直到中年时才又在扬州纳了一个小妾。据说三位女子皆能诗善画，他在外时常有书信和诗词寄回家中。

陈洪绶《荷花鸳鸯图》

1652年，陈洪绶突然在绍兴故去，享年五十五岁，葬于绍兴谢墅官山岙横浜岭下。一说是念佛而卒，一说是得罪权贵遇害。

陈洪绶的人物画，躯体伟岸，形象夸张，连衣纹也顿挫有力，有的甚为怪诞，但仍"近于理"，这是对社会现实不满的反映。他还为《西厢记》《水浒传》等文学名著作插图，广泛流传民间，对我国版画艺术贡献很大。此外，他的花鸟、山水画和书法也独树一帜，堪称大家。

鲁迅先生评价陈洪绶道："老莲的画，一代绝作。"曾就读于浙江大学西语系的艺术批评家徐书城指出："明末清初之际，中国绘画史上产生了较大的审美趣味的变革（指背弃写实风格），始于徐渭和董其昌，成于陈洪绶。"中国艺术史专家美国人高居翰则认为："陈洪绶是中国最辉煌的大画家之一，当然也是继（北宋）李公麟之后最伟大的人物画家。"

陈洪绶《无极长生图》

冯小青：
葬在孤山的鲜为人知的美人

先前我写到"梅妻鹤子"的宋代诗人林和靖，他中年以后独自隐居在孤山。其实，与林和靖一样住在孤山的还有明代美女冯小青（1617—1635），她的诗才不逊于南朝歌妓苏小小。

小青是扬州人，生于官宦人家，自幼聪颖，深得父母宠爱。

潘光旦著《冯小青》书影

她的母亲擅长琴棋书画，从小就悉心培养小青。九岁那年，父亲故世，从此家道中落。第二年，家里来了一个化缘的尼姑，很喜欢小青，还教她念佛经，怎料小青听一遍就一字不差地背下来了。那她为何会在孤山呢？

原来，杭州有位富商冯生，看中了小青的才貌，来小青家登门求亲。两人多有诗词唱和，且都喜欢林和靖的诗。但小青母女得知冯生已娶正妻后，没有答应。不料小青十六岁那年，母亲也病故了，冯生得知赶到扬州，再次提亲，小青才答应做妾。

等到小青来到杭州，才得知冯生的正妻很彪悍，并嫉妒小青美貌。迫于正妻的压力，冯生让小青搬去孤山的别室，且他每次去看她都需获得正妻批准。起初，还有一些亲友来看望小青，其中一位杨夫人常来孤山，与小青一起吟诗、作画、读书、下棋。后来杨夫人的丈夫任职他乡，她便随夫远行，从此小青更为孤寂。

亲友见小青如此，便劝她改嫁，但她不愿意，长此以往，积怨成疾了。面对冯生遣人送来的汤药，她又怀疑大妇下毒。为了排解内心的寂寞惆怅，小青在孤山创作了大量诗词，可惜大部分已经佚失。在留存下来的诗词中，有几首七言诗颇值得玩味，在这里与大家分享：

冷雨幽窗不可听，挑灯闲看牡丹亭。
人间亦有痴于我，岂独伤心是小青！

另一首诗写到两个场景，可见她是与西泠桥和苏小小墓为邻：

西泠芳草绮粼粼，内信传来唤踏青。
杯酒自浇苏小墓，可知妾是意中人。

长夜漫漫,她常常思念故乡广陵的亲人,有时会梦见他们:

乡心不畏两峰高,昨夜慈亲入梦遥。
见说浙江潮有信,浙潮争似广陵潮。

幸好,孤山有前辈诗人林和靖,可以相伴互吟,但似乎小青不像林和靖那样喜欢梅花,而是更偏爱杜鹃:

春衫血泪点轻纱,吹入林逋处士家。
岭上梅花三百树,一时应变杜鹃花。

一日,小青在西湖边梳妆,看见水中自己的倒影,笑着说:"有个彪悍的妇人总是嘲笑我,我若是与你做水中的清友,也许不会再这么痛苦了吧!"这时,她的婢女叫她回卧室,她便又题诗一首:

新妆竟与画图争,知在昭阳第几名。
瘦影自临春水照,卿须怜我我怜卿。

随后她找画师给自己画像,自此每天对着自己画像,不吃不喝,最后绝食而死,年仅十八岁,真是红颜薄命,犹如古希腊神话里的美少年纳喀索斯。

将近四个世纪以后,一位年方二十四岁的青年才俊写下了一篇题为《冯小青考》(1922)的学术论文,他便是后来的清华大学教授、著名社会学家潘光旦。

潘光旦先后担任西南联大和清华大学教务长,弟子中有著名的社会学家费孝通。写作此文时,潘光旦还是清华学生,此文经多次修改扩充,于1927年以《小青之分析》为名出版。两年以后再版时,易名《冯小青:一件影恋之研究》。

潘光旦在书中用弗洛伊德的精神分析理论分析,指出小青的悲剧是由社会环境造成的影恋的结果。影恋是自恋登峰造极的表现,小青的临池自照,对镜落泪,病魔缠身却明妆靓服,临死之际吩咐画师造像,面对画像一恸而绝等反常行为,只能用顾影自怜来解释。

书中还指出,小青不听劝告改嫁,可能是因为她缺少适应新环境的能力,终于走上了绝路。

小青死后,被安葬在纪念林和靖的林公祠一侧,据说她的墓曾四次湮没于荒草之中,又四次由人出资修复。民国年间,柳亚子先生还曾为她撰写碑文,由李叔同用魏碑体书写。

1964年冬天,小青之墓与林启知府、巾帼英雄秋瑾、文豪苏曼殊等人的墓一起,被迁到鸡笼山,其他几位后来还立了墓碑,唯独小青只有青草相伴。

张岱：
不愿入仕，但不忘美的追求和相伴

作家张岱（1597—1689），在散文集《西湖梦寻》中写了小青的故事（《小青佛舍》）。我想起初中时学过张岱的散文《湖心亭看雪》，于是去书架上翻阅旧教材。果然，《语文》课本里有这篇文章，那是他1632年冬天在西湖观雪后写的，篇幅不长，这里抄录全文，与大家分享：

> 崇祯五年十二月，余住西湖。大雪三日，湖中人鸟声俱绝。是日更定矣，余拏一小舟，拥毳衣炉火，独往湖心亭看雪。雾凇沆砀天与云、与山、与水，上下一白，湖上影子，惟长堤一痕，湖心亭一点，与余舟一芥，舟中人两三粒而已。
>
> 到亭上，有两人铺毡对坐，一童子烧酒，炉正沸。见余大喜，曰："湖中焉得更有此人！"拉余同饮。余强饮三大白而别。问其姓氏，是金陵人，客此。及下船，舟子喃喃曰："莫说相公痴，更有痴似相公者！"

我听爸爸讲,张岱的《夜航船》和南朝宋刘义庆的《世说新语》里,说到了一千六百多年前我们家族南渡浙江的先祖蔡谟的多则故事,其中《加公九锡》讲述了蔡谟与东晋开国元勋、书法家王羲之从父王导的逸事。

王夫人持刀去教训王导别馆内的姬妾,王导知道后赶牛车报信,情急之下,拿拂尘柄当鞭子赶牛奔跑。蔡谟知晓后用诗意的幽默取笑王导。不料,王导听闻竟一时大怒,对人说:"我和诸位贤能一起在洛阳游玩时,哪里听说过这个蔡克的儿子!"

张岱祖籍四川绵竹,出生在浙江山阴(今绍兴),他的母亲经商,家里衣食无忧。不幸他幼年患上痰疾,被外祖父外祖母接去家里疗养。在两广做官的太外公为了治好他的痰疾,买了很多牛黄丸捎给张岱,他的痰疾到十六岁终于治好了。张岱的爷爷是进士,多年在外乡为官,晚年回到杭州。

张岱九岁那年,爷爷带他去杭州游玩,并将他介绍给自己的好友。其中一位听闻张岱擅长对对子,便考了他,他的对答让他享有"神童"之誉。那次杭州行,令张岱觉得西湖很漂亮,留下许多美好的回忆。二十八岁那年,张岱为参加乡试,想寻一安静处备考,与朋友结伴来杭州,在灵隐寺的岣嵝山房读书。

闲暇之余,张岱常去冷泉亭、飞来峰等地漫步,据说苏东坡在杭州任知州时也喜欢去那些地方。张岱在西湖待了七个月,为了纪念那段时光,他写了一篇《岣嵝山房》,此美文与《湖心亭看雪》同收在他的散文集《陶庵梦忆》中。

三十六岁那年冬天，张岱又一次来到杭州，这次他在西湖边待了一个月。有一回连续三日大雪，湖边人迹罕至，一天晚上，他雇船去湖心亭围炉烤火，回去后便写下了《湖心亭看雪》一文，展现了西湖雪后美景，同时也反映了自己内心的孤独。

那以后，张岱多次来杭州，见证了杭州的兴衰。张岱一生中曾无数次游西湖。他与孤山北麓"梅妻鹤子"的前辈诗人林和靖先生一样热爱西湖，曾写过《补孤山种梅叙》《林和靖墓柱铭》来怀念和靖先生。《林和靖墓柱铭》写道：

云出无心，谁放林间双鹤。
月明有意，即思冢上孤梅。

张岱生活的年代恰逢明末清初，时局动荡，百姓生活艰辛。明中叶以后，宦官擅权，内忧外患。与此同时，思想界涌现出一股反理学的风潮，主张童心本真。张岱的出现适逢其时，他的祖辈都是读书人，从小就受其熏陶，这也是他在文史方面成就卓著的原因之一。

张岱乡试不第后绝意仕进，曾撰文讽刺考官。明亡后，他避兵灾于剡县（今浙江嵊州），后隐居四明山中，潜心著述。在史学上，张岱位列"浙东四大史家"之一；在文学创作上，他以"小品圣手"名世，《湖心亭看雪》即是其中的佳作，以至于被赞为"明末第一才子"。

可以这么说,张岱是一个有趣的文人。康熙四年(1665),张岱为自己撰写了墓志铭:"好精舍,好美婢,好娈童,好鲜衣,好美食,好骏马……"我希望有一天能去他的墓地拜谒。据说他葬在绍兴柯桥项里村一座叫鸡头山的小山上。

灵隐冷泉亭,作者摄

郭孝童：
十五岁去世，他是葬在孤山最年轻的一个

有一年清明前夕，我经过孤山南路的潘天寿铜像时，发现离西泠印社不到100米的草坪边缘有一块石碑，就在一棵女贞树下。出于好奇，我走近看了一下，原来是一块墓碑，墓主是明代一个叫郭孝童的男孩。听其名，我猜想应该是一个孝顺的孩子。他与孤山有什么关联呢？

郭孝童（1600—1614），名金科，明朝时期钱塘（今杭州）人。他十五岁那年的一个晚上，家里突然失火，郭孝童自己逃了出来，却发现母亲仍在屋里，便又冲进火海救母亲。街坊邻居看到了都来拦他，说那样太危险了，但他毅然决然地冲进了火海。

第二天一早，大火熄灭了，大伙儿发现，孝童和母亲都遇难了，只见母子紧紧相拥，无

郭孝童墓碑，作者摄

法分开。这件事不仅感动了杭州市民，官府也迅速做出反应，"御史闻之，命葬之孤山，表曰郭孝童墓"。此事在《明孝友传》中有记载，此书的作者是明代海宁人郭凝之，他是天启举人，官至兖东兵备副使。

自古以来，中国各朝对"孝友"一向重视，《明孝友传》之前就有《晋书·孝友传》《元史·孝友传》和《二十四孝》等。晋朝虽经祸乱，孝友观念未曾消减。元代郭居敬编的《二十四孝》中，晋人就有五个。

所谓"孝友"，"善父母为孝，善兄弟为友"。值得一提的是，尊师作为传统美德，也包含在广义的"孝友"中；"孝友"还指知恩图报和对乡里乡亲的孝。甚至要求"色养"，即和颜悦色地奉养或承顺父母。而在比较"孝"和"忠"时，态度也是鲜明的，即"孝"大于"忠"。

有一个例子是温峤。他仕于东晋，其母亡，苦请北归奔丧，经朝廷的三司八座讨论后，不许，温峤只得继续留任建康（今南京）。自己已苦请北归，无奈朝廷不允许，也算尽心了。可是司徒长史孔愉在评定其品第的时候，依然因此而"不过其品"（不提升其品级）。

如今，离郭孝童救母已经过去四个多世纪，墓已无存。也有传说，其墓地下沉，仍在地下。据说前些年，有市民发现地下之墓，可以看见"皇明郭孝""杭州府知府""万历岁次己未冬""院道明文"等字样。市府也想把郭孝童的墓提升到地面上，但由于墓基低于西湖水面一两米，一旦开挖，不仅会影响到旁边的女贞树，墓室也会积水，况且未必有真墓，所以决定留其原状。

写到这里，我想起在一千八百多年前的东汉时期，会稽（今绍兴）上虞有个女孩叫曹娥（130—143），她的父亲在一次祭祀活动中不幸溺死于舜江（今曹娥江）。此江是钱塘江的一大支流，下游江面宽阔，连日打捞未见尸体，十七天以后，伤心欲绝的曹娥也投江了。

又过了五天，乡亲们才看到这对已死去的父女紧抱着浮出水面，曹娥死时年仅十四岁。百姓大为感动，县府知道后，下令为其立碑。后来，又把舜江改名为曹娥江，以纪念这位孝女。

曹娥在上虞乃至绍兴可谓家喻户晓。可是，郭孝童英勇救母的故事却鲜有人知。个人以为，曹娥投江是一种无谓的牺牲，郭孝童救母尚存希望，他的事迹更值得颂扬。

张苍水：
最后一个未降者，藏身东海小岛

西湖"三杰"中的张煌言（1620—1664），号苍水，出生在浙江鄞县（今属宁波）的一个官僚家庭，那时已经是明末了。他是不屈服于清廷的南明儒将，亦是一位诗人。其诗文多是在战斗中写下的，表现出忧国忧民的心情，有《张苍水集》等传世。

张苍水的父亲曾任崇祯朝刑部员外郎，母亲因病早逝，故而随父长大。少年时期，他就喜欢讨论兵法，十六岁参加县试，还考了骑射，三箭皆中靶。1645年，清军南下，连破扬州、南京、嘉定等地，二十六岁的张苍水毅然参军。不久，清军攻破杭州，他跟随朱元璋十世孙、鲁王朱以海逃至浙闽沿海。

1659年，身为南明兵部侍郎的张苍水会合郑成功的十万大军沿长江而上，兵锋直抵南京城下。随后张苍水挥师安徽、江西，四入长江，连克四府三州二十四县，震动了半壁江山。眼看复明大功将成，岂料天运难测，郑成功因轻敌突遭偷袭，大营顷刻崩溃，张苍水孤掌难鸣，兵溃于安徽铜陵。他孤身一人突出重围，颠沛两千余里，还于浙东沿海，重招旧部。

1661—1662年，南明末代皇帝永历帝朱由榔被吴三桂从缅甸骗回后绞死于昆明，随后郑成功突然病故于台湾。1664年，张苍水拥戴的鲁王也在金门病逝。国脉既断，复明大业几如灰烬。张苍水最后的据点是象山悬嶴岛（今花岙岛）。这座小岛孤悬"海中，荒瘠无人烟，南汊港通舟，北倚山，人不能上"，张苍水在岛上"结茅而处"，得以栖身。由于岛上不产粮食，也为了不引人瞩目，他遣散了部队。

七月十七日，张苍水手下乘船去邻近岛屿购买粮食，不幸被埋伏在那里的清军抓捕，供出了张苍水所在。当夜，清军利用截获的船只偷袭悬嶴岛，张苍水突围不及，连同几名随从和侍者被捕。他被押送往杭州。路过故乡宁波时，万人空巷，乡亲们都来看他。

押解途中，张苍水写下了多首传诵一时的诗篇。在阴暗的牢房里，囚禁的是一个不屈的灵魂。清廷对张苍水多次劝降，未果。当一缕阳光射入阴暗的牢狱，张苍水知大限已至，在墙壁上留下了最后的心声：

> 国亡家破欲何之，西子湖头有我师。
> 日月双悬于氏墓，乾坤半壁岳家祠。

诗中写了西湖"三杰"的另外两位——岳飞和于谦。1664

张苍水墓,作者摄

年九月七日,张苍水走上了刑场,他被清军杀害于杭州弼教坊(今临近西湖的平海路与中山中路交接处南侧)。行刑那天,张苍水赋《绝命诗》一首,"坐而受刃",拒绝跪而受戮。张苍水遥望远山,从容就义,他成了明王朝的一个句号。

张苍水的刚烈,被国学大师章太炎认为是天地之间的人间正道。他的坚强,被鲁迅先生称为中国的脊梁。

张苍水就义前两天,张夫人及其独子在镇江被杀。为了不使张苍水绝后,由他的一个侄子承嗣。如今,宁波张氏后人枝叶繁盛。

乾隆四十一年（1776），张苍水被追授"忠烈"二字。他的遗骸被安葬在今杭州太子湾公园（章太炎临终遗愿，即葬于张苍水墓旁）。1936年，宁波将张苍水故居所临、与中山东路并行的那条街命名为"苍水街"。

白娘子与许仙：
传颂千年的凄美爱情

南朝歌妓苏小小的爱情故事，发生在白堤西端的西泠桥。而在白堤东端的断桥，也有一个凄美的爱情故事——白蛇传。明末冯梦龙纂辑的《警世通言》，就包含了这则故事。传说白娘子和许仙相识于断桥，这一传说给断桥增添了神秘色彩。

断桥初建于唐朝，地理位置优越，处在外西湖和北里湖的分水点上，连接了北山路和白堤，是市区和风景点的交汇处，可以说是人们游览西湖的起点。断桥在宋代称保佑桥，与附近宝石山上的保俶塔相呼应。元代叫段家桥，因此有人说"断"是"段"的谐音。

断桥是冬季赏雪佳地，桥边有"断桥残雪"碑。它是杭州名气最大、游人最多的一座桥。我小时候，断桥还是通汽车的。从2018年五一节开始，甚至连非机动车也不能上桥了，唯有残疾人专用车例外。

许仙和白娘子的人妖爱情故事如今已家喻户晓，西泠印社还有可定制（免费刻字）的官人娘子对章（黄铜材质），蕴含着相知相许的意思。白娘子原名白素贞，许仙是大夫，他们相识于断桥。那日突然下起倾盆大雨，素贞和小青被淋得无处藏身，许仙适时出现了，为两位美人撑伞。

没想到的是，许仙和白素贞一见钟情。后来，他们经常见面，渐渐地两人的感情越来越深，最终结为夫妻。婚后，他们合伙经营了一家叫保和堂的药店。如果白娘子穿上现在的白大褂的话，她可谓名副其实的白娘子了。

随着药店生意日渐兴隆，去寺庙烧香拜佛的人就减少了。这惹怒了金山寺的法海和尚。法海直奔药铺，发现素贞并非凡人，就命令许仙与她分手。许仙对爱情坚贞不渝，法海便把他

从刘庄眺望雷峰塔，作者摄

关在金山寺里，素贞知道后十分着急，立马冲去找法海，可惜素贞斗不过法海，最终被压在了西湖南面的雷峰塔下……

可是，金山寺是在江苏镇江的长江边上，距离也太遥远了吧？原来，宋元时期，沿长江而下的人欲来杭州，通常会在镇江下船，再沿陆路或运河来杭州。因此，那时的镇江与杭州有许多联系。相传，白娘子和许仙在镇江也开过药店。

说到镇江，北宋博物学家沈括是杭州人，他退休后定居在镇江的一条溪流边，写下了巨著《梦溪笔谈》。几乎是同时，天文学家、世界上第一口天文钟——水运仪象台的制造者苏颂晚年也定居镇江，并在那里过世。苏颂是福建同安（今厦门同安区）人，曾任杭州知州，后升迁宰相。

许多年过去了，人们依然记得《白蛇传》中的白娘子和许仙。有一天，我突发奇想，假如有人在断桥附近开一家名叫保和堂的药房或纪念品商店（至少要出售雨伞），应该会生意不错，相信会有顾客慕白娘子的美名而来。

清

康熙和乾隆：
下江南与清行宫

孤山的皇家藏书楼文澜阁位于清代康熙皇帝南巡时的行宫内。清行宫遗址（包括楠木寝宫、园林等）坐落在中山公园。康熙六下江南，其中有四次来到杭州，两次下榻孤山行宫，在孤山大约住了三十天。他的孙子乾隆皇帝更是喜爱孤山，六次来杭州都住在这里，共住了两个多月。彼时原行宫已改名为圣因寺，他下榻在圣因寺西侧的新行宫里。

如此说来，西湖的美景令爷孙俩流连忘返，但他们南巡的目的各不相同。康熙旨在查堤防汛（黄河、淮河、大运河）和了解东南一带的民生疾苦，每次都比较节俭。1702年第四次南巡时，喜爱数学的康熙还在山东德州三次召见了安徽籍数学家梅文鼎，与他在船上探讨数学问题。而乾隆南巡虽也有体察民情的目的（旧时江南文人有激扬文字的传统），却更偏重游山玩水，也更铺张奢侈。

"上有天堂，下有苏杭。"通过调研，我进一步得知，康熙和乾隆南巡也曾十次到苏州。康熙第一次南巡是在1684年，年仅三十一岁，苏州是他的终点站；第四次则只到德州，因皇太子病重返回了京城。康熙和乾隆每次到苏州，都住在苏州织造署的西花园行宫。织造署是清朝专为皇室提供丝绸和服饰的外派机构，只设苏州、江宁（今南京）和杭州三处。

织造署织造虽只是五品官，却是手眼通天的。苏州首任织造曹寅是作家曹雪芹的祖父，比康熙小四岁，其母亲孙氏是康熙的乳母，故而他从小与康熙一起玩耍，并且是康熙的陪读，康熙做皇帝后给他派了个好差事。按照红学家们的分析，小说《红楼梦》里的大观园是以苏州织造署的西花园行宫为原型，贾宝玉的父亲贾政则是以曹寅为原型。苏州织造署的遗址在今天的苏州第十中学，庆幸的是这座旧衙门尚存，为全国重点文物保护单位。

康熙第一次和第二次来杭州也住在织造署（其中第一次还去了绍兴祭奠大禹），那是在吴山脚下，被称为内行宫。有一天，康熙从湖滨乘船去孤山，玩得十分开心。据说之前他问起苏小小芳魂何处，浙江巡抚听闻，连夜在西泠桥畔造坟，仅用一天时间便重立了墓冢和碑，于是有了"钱塘苏小小之墓"。地方政府见康熙喜爱孤山，便在他第五次南巡来杭州前，将南宋理宗在孤山修筑的西太乙宫改建，供康熙下榻，称外行宫。

1705年康熙第五次南巡时，担任杭州织造的是曹寅推荐的孙文成，他来自曹寅母亲、康熙乳母孙氏的家族（即《红楼梦》里史家的原型）。孙文成为了接驾，凿通了吴山与西湖的水道。不幸的是，咸丰年间杭州织造署与清行宫、文澜阁等被焚毁，织造署的遗址今天已无留痕，只有红门局这条街名尚在，周边是商业圈。我曾去红门局探访，它就在吴山广场边上，是一条不长的街道的名字。2015年，杭州市政府在花港观鱼公园内新建的杭州织造纪念馆正式对游人开放。

至于乾隆皇帝，他六次南巡都来到杭州，且都住在孤山行宫里，每次他都要走到孤山北麓为林和靖题诗。对于康熙钦定的"西湖十景"，乾隆自是十分喜爱，为每处景点都题写诗碑，至今尚存的御诗碑有"苏堤春晓""曲院风荷""南屏晚钟"三座。

清行宫遗址南边的山坡上有两个红色的大字"孤山"，游人喜欢在那留影，却不知题写人是谁。再向右侧拾级而上，便是著名的"西湖天下景"亭，其楹联是"水水山山处处明明秀秀，

清行宫遗址，作者摄于孤山

晴晴雨雨时时好好奇奇",其文意显然取自苏轼的《饮湖上初晴后雨》,落款是"陇右黄文中"。

黄文中是甘肃临洮人,出生于1890年,早年留学东京明治大学时,加入了同盟会。他将老师的《日本民权发达史》译成中文,出版前请孙中山先生题词,后者遂写下了赫赫有名的"世界潮流,浩浩荡荡。顺之则昌,逆之则亡"。回国以后,黄文中曾在杭州旅居三年,住在孤山的俞楼,为西湖景点,包括平湖秋月、苏小小墓和灵隐冷泉亭等撰写了许多楹联。

溥仪：
末代皇帝，娶杭州女子为妻

爱新觉罗·溥仪（1906—1967），即宣统皇帝，乾隆的五世孙，他的父亲载沣是光绪皇帝的弟弟。那溥仪是怎么做上皇帝的呢？原来，溥仪的外祖父是慈禧太后的宠臣荣禄，慈禧太后非常喜欢他的女儿苏完瓜尔佳氏，也就是溥仪的母亲，就将她指婚给载沣。

1908年11月14日，被幽禁了十年之久的光绪皇帝驾崩，年仅三十八岁。光绪皇帝没有子嗣，病入膏肓的慈禧太后下懿旨，让溥仪继承皇位。那年溥仪只有三岁，他登基的第二天，也就是1908年11月15日，垂帘听政四十七年的慈禧太后病逝。溥仪做了三年小皇帝，辛亥革命爆发，他被迫退位。直到1917年7月1日张勋复辟，十二岁的溥仪第二次坐上龙椅，但十二天后再次退位。

之后，溥仪的人生轨迹是北京—天津（七年）—沈阳—长春（十三年，伪满洲国皇帝）—抚顺（监狱）—北京，其间曾赴东京访问，也曾企图逃亡至中美洲萨尔瓦多，后被苏军俘虏后关押于伯力等地。

1959年，溥仪被政府特赦。翌年2月16日，溥仪拿着北京市民政局的介绍信到中国科学院植物研究所植物园报到，成为一名劳动者，先是负责浇水和搞卫生，后来转到扦插繁殖温室和观察温室。

两年以后，五十七岁的溥仪经人介绍，与三十八岁的朝外关厢医院护士、杭州女子李淑贤（1924—1997）结了婚。李淑贤出生在杭州，年少时父母过世，她到北京做了一名护士，曾有过两段婚史。而溥仪有过四位夫人，十七岁时他娶了婉容和文绣，一个是皇后，一个是妃子；后来在东北他又有了妃子谭玉龄，据说他很喜欢；第四任妻子叫李玉琴，是日本人安排的。

溥仪与李淑贤相遇时，独居的他正想要再婚，婚后两人感情很好，彼此相爱。1964年，溥仪调到全国政协文史资料委员会任资料专员，并担任第四届全国政协委员和中央文史馆馆员。也正好是在那一年，溥仪偕夫人随政协考察组来到江南，游览祖国的大好河山。

溥仪一行游览过江苏和上海之后，便来到李淑贤的家乡杭州。原本李淑贤想给丈夫充当导游，没料到他事先已做过功课，在书中详细地了解了杭州。参观完雷峰塔后，委员们坐船游览西湖，当他们来到三潭印月，李淑贤终于逮住了机会，讲起了有关它的来历的传说。

传说当年木匠鲁班想带妹妹来杭州开店，西湖里有只黑鱼

溥仪、李淑贤夫妇

精非要跟他妹妹结婚，不然就水淹杭州。鲁班当机立断，提议让黑鱼精刻一个香炉送给妹妹做嫁妆。等到香炉刻好了，黑鱼精把它硬扛在肩头，不料走到西湖边时，脚下一滑，香炉"咕咚"一下倒扣在湖中，炉底下的三条腿就成了如今三潭印月的石柱。

溥仪在杭州的最后一天，带着夫人来到孤山，在楼外楼吃饭，他们点了西湖醋鱼、莼菜汤和龙井虾仁等菜。饭后还去旁边的浙江博物馆参观。这段100多米长的路刚好经过清行宫遗址，想必他曾驻足，朝那片先帝逗留过的荒草地凝望。

回到北京不久，溥仪的自传《我的前半生》由群众出版社出版了。书中讲述了他从出生、登基、流亡到获得特赦的过程，重印了20多次，至今长销不衰。

遗憾的是，与李淑贤过了五年恩爱夫妻生活后，溥仪便因尿毒症去世了。后来，溥仪的自传多次被改编成影视剧。1987年，意大利著名导演贝托鲁奇执导了《末代皇帝》，由尊龙和陈冲主演。翌年该片荣获了第60届奥斯卡金像奖最佳影片、最佳导演等九项大奖。

近代

俞樾：
花落春仍在，
他是孤山最长者

俞楼又称俞曲园纪念馆，系2002年按原貌重建，采用歇山式的风格改造屋顶，门牌号是孤山路32号。俞楼面朝西湖，是一个观湖的绝佳处。它是晚清著名学者俞樾（1821—1907）的旧居，曲园居士是他的自号。

俞楼曾是诂经精舍的一部分，有"西湖第一楼"之美誉。在浙江大学前身求是书院成立以前，诂经精舍是浙江省的最高学府。1868年，俞樾受聘主持诂经精舍，十年以后，他的弟子徐琪（号花农）等筹资为老师修建了此楼，并"集花卉竹石、书简梅鹤"于楼内。

1898年，七十八岁的俞樾辞去教职，九年以后，俞樾在杭州去世，享年八十七岁，是孤山最长寿的文化名人，他与安葬在此的十五岁的明代少年郭孝童可谓是孤山的一老一少。

俞樾是湖州德清人，出身名门望族，二十九岁中进士。俞樾担任河南学政期间，被御史以"试题割裂经义"为由弹劾罢官，那年他三十六岁，从此他专事学问和教学。俞樾的教学和研究内容甚是广泛，不仅涉及经学、诸子学、史学，还有诗词、小说等，可谓著作等身。

后世学者尊俞樾为"朴学大师"。朴学是一种治学方法，又称考据学或考证学，主要工作是对经学等古籍加以整理、校勘、注疏、辑佚。梁启超对其有过概括：其治学之根本方法，在"实事求是"，"无证不信"。此外，俞樾也是一代文豪，有《春在堂全书》传世。

俞樾有许多优秀的弟子，其中最得意的两个是吴昌硕和章太炎。俞樾育有两男两女，原本有一个非常幸福的家庭，谁料中年时不幸接踵而至，夫人去世、长子早亡、次女和次子先后病逝，让他十分悲痛。

俞曲园之墓，作者摄于三台山

俞园春在堂,蔡天新摄于苏州

俞樾的孙子俞陛云后来中了探花,曾担任浙江省图书馆馆长,曾孙俞平伯是著名的红学家。俞平伯也是诗人、作家朱自清的好友,后者的散文名篇《桨声灯影里的秦淮河》写的就是他与俞平伯结伴同游的故事。

我还听说,俞平伯的内弟许宝騄是著名的数学家,与华罗庚、陈省身并称西南联大"数学三杰"。有人曾把浙江俞氏与广东梁氏（代表人物梁启超）、江西陈氏（代表人物陈寅恪）、江苏翁氏（代表人物翁同龢）列为中国近代四大文化世家。

虽说俞家在苏州有气派的俞园，俞樾去世以后，却葬在杭州。这应该是先生的遗愿吧。俞樾墓就在西湖西边，三台山路西侧，与路东侧的于谦墓相隔100多米。

樾字本义是"树荫"，俞樾在进士考试时曾即兴写下"花落春仍在"的诗句。在春天，这句诗别有一番意味。

林启：
浙大与北京颐和园的渊源

孤山的放鹤亭东面有一座中西式结合的复古小楼——林社。这座小楼是为了纪念一位叫林启的先生，他恰好与隔壁放鹤亭的主人林和靖同姓。

林启（1839—1900），出生于福建侯官县，1876年中进士，担任过编修、陕西学政等职。1896年，林启出任杭州知府，在任四年，他创办了三所学校，即求是书院（1897年创立，今浙江大学前身）、蚕学馆（1897年创立，今浙江理工大学前身，旧址在曲院风荷）、养正书塾（1899年创立，今杭州高级中学和杭州第四中学前身）。如此说来，他可真称得上杭州近代教育的开拓者。

林启上任杭州知府后，摒弃官场陋规，刚正廉明，

林社正门，作者摄于孤山

勤于治理,并倡导务实之风,杭州市民称他"守正不阿,精明笃实"。史书记载,林启"守杭五年,政平人和","治杭得其政,养士得其教,为匹夫匹妇得其利"。他生前的对联"为我湖山留一席,看人宦海度云帆"常为后人提及并赞叹。

1900年,已改任浙江道监察御史的林启在杭州病逝,享年六十二岁。他被安葬在孤山林和靖墓旁,生前他仰慕这位本家。据说当年福州的家人想把他的遗骨请回故乡,是杭城百姓舍不得,最后征得他家人同意才留下的,而林社则是随后由邵章、陈叔通、何燮侯等人倡议修建的。1925年,陈叔通等人又筹资加以扩建。这几位都是赫赫有名的人物,其中陈叔道曾担任全国人大常务委员会副委员长,何燮侯曾任北京大学校长。

林启对浙江尤其是教育方面的贡献是无可替代的,可他是如何来杭州的呢?原来,在甲午战争之前,为了修复和扩建颐和园,慈禧竟然挪用了海军经费。林启得知后十分气愤,毅然上书"请罢颐和园之役,以疏民困",因此得罪了慈禧和亲贵大臣,被外放到浙江任衢州知府。数年后,林启又调任杭州知府,他这才来到西子湖畔。

1964年,林启的墓被迁移到西湖西侧的鸡笼山。我曾去那里探望,费了一些周折也没找到。2005年,山下并排立起六块石碑,林启和苏曼殊等人的墓碑位居其中,但字迹已模糊不清了,杭城的百姓和游客几乎无人知晓。既然浙江大学的起点是1897年,就应该设法把创办人林启的墓请回孤山或浙大校园内。

吴昌硕：
书画刻印大师，西泠印社首任社长

西泠印社社长一职已经空缺许久了，自2018年初第七任社长饶宗颐先生（1917—2018）仙逝后，一直未找到合适的人选。众所周知，西泠印社首任社长是集画家、书法家、篆刻家于一身的吴昌硕先生（1844—1927）。吴老先生担任社长是在西泠印社成立之后的第十年，即1913年，直到1927年他去世。从他开始至今，西泠印社社长一直是终身制。

吴昌硕出生于湖州府孝丰县（1958年并入安吉县）鄣吴村的一户书香人家。幼时随父亲读书，受其熏陶，十多岁时就喜欢刻印章，经过父亲的指导入了门，后就学于邻村私塾。1869年，吴昌硕来到杭州，在孤山脚下的诂经精舍学习。那一年，思想家、学者章太炎刚好在杭州郊外的小镇余杭出生，他后来也就读于诂经精舍。

诂经精舍是清代经学大家、浙江巡抚阮元于1801年所建，是浙江大学前身求是书院之前的浙江最高学府。后来我跟爸爸说到此事，他告诉我阮元主编了中国历史上第一部科学家传记《畴人传》，爸爸曾在《数学传奇》中写到阮元与诂经精舍，但他并不知道吴昌硕先生也曾在那里学习过,他说将来修订著作时会补充相关情况。

多年以后,诂经精舍先后成为国立杭州艺术专科学校(今中国美术学院前身)校址和浙江博物馆馆址,而精舍原址和真正的主人却未留下痕迹。回想起来,十四岁那年冬天一个晴朗的周末,我随家人去安吉玩,造访了吴昌硕的故乡鄣吴镇,那儿和安徽省广德县近在咫尺,不过有高山阻隔。可惜那会儿吴昌硕故居正在维修,为纪念此行,我们手绘了旅行地图。

说到鄣吴镇,我想起历史书上说的,秦始皇统一中国以后,废除分封制,建立郡县制,全国共设36郡,其中之一是分原会稽郡西部而置的鄣郡。据说秦汉之前,天目山北支称作鄣山,地以山名,故有鄣郡。治所的县随郡名,称为鄣县。据说,当年鄣郡含今天苏南、皖南和浙西的17个县,曾是长江下游的政治、经济、文化中心之一。

吴昌硕坐像,作者摄于孤山

后来,我去平湖秋月游玩时,不经意地看

到了诂经精舍的遗迹,那是一幢两层木质建筑,这可以算是我与吴昌硕先生的第二次偶遇了。而入职西泠印社集团下属的文创公司,则是我与吴老先生的第三次相遇。2021年元月,在梅花将开之际,我去超山拜谒吴老先生的墓地,墓旁是全国五大

吴昌硕最爱的宋梅,作者摄于超山

古梅之一的唐梅和宋梅。

西泠印社成立于1904年,当时正处于金石研究和发展的鼎盛时期,杭州的四位篆刻家王福庵、丁辅之、叶为铭、吴隐在西泠桥畔集结。"人以印集,社以地名",因此取名为"西泠印社"。后来,他们希望有一位资深书画家来指导,遂邀请海派大师吴昌硕先生来担任社长,而昌硕先生欣然允诺,于1913年赴任。

吴昌硕先生与传统文人画家不同,他兼诗、书、画、印四绝于一身,且能博采众长,正如一位评家所言:"与同时代艺术大家相比,吴昌硕是承前启后、比较全面的一位巨匠。"他的代表作有篆刻作品《读遍千古书》《作了天下事》,诗词作品《寿王棣封,六朝门第冠江乡》,绘画作品《芜园图轴》等。吴老先生的加盟,使得西泠印社成为印学同仁心目中的圣地。

黄宾虹：
浙中出生的他，引领画坛数十年

由北山路去西泠桥，无论从哪个方向走，都要经过香格里拉饭店。这是因为，这家中国大陆首家香格里拉饭店东楼（原西泠饭店）在西泠桥东侧，而西楼（原杭州饭店）在西泠桥西侧，两家饭店于1985年合并为香格里拉饭店。值得一提的是，可以俯瞰西湖全景的东楼颇煞风景，一直饱受诟病。市政府在西湖"申遗"时承诺，一旦香格里拉饭店对外租期结束，将对该建筑进行拆除或降层处理。

假如从西边即岳庙方向向西泠桥走去，可以隐约看见临湖有一尊铜像，这是在武松墓西侧的画家黄宾虹先生（1865—1955）的雕像。黄老先生身着长袍，戴一顶瓜皮帽和一副圆框的眼镜，留着胡子，手持画本和笔，面朝西湖，看上去像一个账房先生，似乎在做笔记或画素描。都说西湖像一幅水墨画，黄宾虹先生正是中国山水画的一代宗师。

黄宾虹先生祖籍安徽歙县潭渡村，其父后来经商到了金华，娶当地一位方姓姑娘为妻（娘家就在赫赫有名的酒坊巷），遂在浙中安顿下来。除了经营布匹，黄父也喜欢书画。黄宾虹生于金华城西铁岭头村,幼时受家庭熏陶,爱好画画和篆刻,十一岁就会临刻名家印章,可以说对篆刻十分痴迷。

十三岁那年,黄宾虹回故乡歙县参加童子试,名列前茅。那次,他在故里得观祖先收藏的书画真迹,尤其喜欢明代书画家董其昌的山水画。黄宾虹的画风受到徽州"新安画派"的影响,行家赞其"融疏淡清逸与遒劲有力于一体,在行笔谨严处,有纵横奇峭之趣"。

金华黄宾虹故居,蔡天新摄

作为山水画的一代宗师，黄宾虹的代表作有《山居烟雨》《新安江舟中作》等。著名画家李可染曾说："中国山水画三百年来，黄宾虹一人而已。"这让我想起西泠桥另一头的绘画大师潘天寿先生，他们的塑像离西泠桥都只有百米左右，看上去十分对称。

两位大师一个擅长山水，兼及花鸟，另一个擅长花鸟，兼及山水。潘天寿曾言："人们只知道黄宾虹的山水绝妙，其实他的花卉更妙。"总之，他们为浙江这片有山有水的好地方增添了艺术色彩。相对于同代画家，黄宾虹的画比较抽象和现代，他被赞誉为"中国的塞尚"。塞尚是法国印象派画家，他的抽象特质使其成名较晚，但后来被誉为"现代主义绘画之父"。

1907年，四十三岁的黄宾虹去上海，参加吴昌硕先生主持的海上题襟馆活动（如今西泠印社的题襟馆曾是吴昌硕在杭州的创作基地）。几年后，吴昌硕先生担任西泠印社首任社长，黄宾虹也成为社员，毕竟，从儿时起篆刻便是他的挚爱。

之后，黄老先生迁至北平，生活了十余年。直到1948年，八十四岁的黄宾虹应潘天寿校长的邀请，受聘杭州艺专，回到了他的出生地浙江。从此，他住在西子湖畔，直至九十一岁高龄辞世，一直担任浙江美术学院国画系教授。如今，黄宾虹的声望持续升高，他在世最后一年创作的《黄山汤口》，被竞拍到了3.45亿元。

除了绘画和篆刻，黄宾虹先生还以学人和文博专家闻名，出版过《黄宾虹谈艺录》。他对传统艺术的思考让他提出"君学"和"民学"的概念，前者为政治和帝王服务，后者主张个性、自由、民生。他还从大自然中提炼出各种各样的几何形状，并得出结论，三角瓠（一作"弧"）形状多，变化大，所以美。

黄宾虹的学生中，林散之是一代书法大师。中国画历来有四大家的说法，近代四大家则公推吴昌硕、齐白石、黄宾虹和潘天寿，其中吴、黄、潘三人均为浙江人，且他们的纪念地都在离西泠桥百米开外处，这无疑是中国画史的佳话了。

西湖边的黄宾虹塑像，作者摄

王一亭：
1922年秋天，他在上海宴请爱因斯坦

在孤山脚下的西泠印社工作后，我一直挺好奇，印社的最高处在哪？于是有一天，我沿着牌坊下的台阶往上走，穿过鸿雪径，到达了印社的最高点，那是一座砖木结构的花园别墅，面积不足100平方米，叫题襟馆，也叫隐闲楼。这是在1914年，由吴昌硕、书画家王一亭、西泠印社创始人之一吴隐等人通过拍卖书画筹款而建造的。

漫步至题襟馆前的空地，站在平台前远眺，西湖的美景尽收眼底。难怪吴昌硕先生每次来孤山都要登临此地，且常常于此写诗作画，可见他是多么喜欢这个地方啊。在此我想说说参与筹建的王一亭（1867—1938），他不仅是著名的书画家，也是成功的商人和慈善家，并对吴昌硕金石书画的推广起到举足轻重的作用。

王一亭祖籍吴兴（今湖州），生于上海周浦，曾两次任上海总商会主席，出任过中国佛教会会长。他曾加入同盟会，资助辛亥革命。王一亭曾师从著名画家任伯年（"海派四杰"之首），后与吴昌硕亦师亦友，其作品笔墨酣畅，气势雄阔而不失

写实本色，他在清末民初海上画派中影响力仅次于吴昌硕，两人有"海上双璧"之誉。吴昌硕曾赠诗王一亭曰："天惊地怪生一亭，笔铸生铁墨寒雨。"

1914年，王一亭在上海为七十周岁的吴昌硕先生举办了生平第一个作品展。展览非常成功，吴昌硕名声大振，同年成立的上海书画协会推荐吴昌硕为会长。1936年，王一亭七十虚岁生日，梅兰芳来沪为他庆生。

值得一提的是，1922年11月13日，王一亭曾在上海梓园家中设家宴款待了乘船赴日途中经停的物理学家爱因斯坦。当时，爱因斯坦已举世闻名，令我感到奇怪的是，他在上海仅停留一天，为何由艺术家来接待呢？经过调研我才发现，那时上海的大学里还没有物理系呢，现今赫赫有名的上海交通大学和复旦大学，它们的物理系分别创建于1928年和1952年。

爱因斯坦喜欢艺术，加上此番是去东京，而日本人对王一亭特别崇敬，故而选择了梓园。那天晚上，爱因斯坦十分开心，他在酒宴上说道："今日得观众多中国名画，极为愉快，尤佩服者乃王一亭之个人作品！"他还称，若有机会，下次来上海时，希望能再到梓园看看。不知这是不是爱因斯坦中国行留下的唯一记忆？

说到梓园，它位于今上海市乔家路113号，离城隍庙不远，是康熙二十一年（1682）前后由进士周金然建成，原名宜园，后又几度易主更名。1907年，王一亭出高价买下，因园中有棵古梓树，更名为梓园，门额上的园名由吴昌硕题写。如今，老房子仍在。在这条仅500多米长的乔家路上，还坐落着明代学者、《几何原本》译者之一徐光启故居九间楼。

日军占领上海期间，企图利用名人声望，派汉奸找到王一亭，当面演示真枪实弹百发百中伎俩。面对生命威胁，王一亭拒绝为虎作伥，随后避居他处。日伪军侵入梓园胡作非为，王一亭闻讯，毅然离沪，转道香港。1938年病重返沪，同年去世。十年以后，王一亭的葬礼在虹口公墓隆重举行。

王一亭像

惠兴：
割肉办学的奇女子

某个周末，爸爸开车带我去鸡笼山，寻找民国才子苏曼殊和明末美女诗人冯小青的墓地。他们的墓是在1964年冬天，与其他葬在孤山的名人一起迁往鸡笼山的。过了灵溪和吉庆山两个隧道后，我们在一座桥孔下方不远处找到了一个箭牌，指向西湖名人墓地。他们的墓都在荒山野地里，那几天又连续下雨，我们在一条泥泞的小路尽头看到了六座墓碑，它们并排立在一起。

第一座墓碑是清末杭州知府、浙江大学前身求是书院的创办人林启的，最后一座是苏曼殊的。其中两座墓碑是一对姐妹——徐自华和徐蕴华的，她们是嘉兴桐乡人，都是秋瑾的密友，徐蕴华与丈夫林寒碧（福建侯官人）合葬。

还有一座墓碑的主人是惠兴女士（1870—1905），墓碑上的字迹有些淡化甚至脱落了，隐约能看到她的生平事迹，引发了我的兴趣和好奇心。

惠兴是满族旗人，出生于吉林白山，全名瓜尔佳·惠兴。瓜尔佳是清朝八大家族之一，惠兴自幼随家人迁居杭州，十九岁出嫁，丈夫不久亡故，之后她孀居。虽然生活充满了艰辛，但惠兴一直有个信念，就是女人不能从属于男人，这在那个年代是比较前卫的思想。这跟她平日里喜欢文学，关心国家大事有关。她以提倡女学为己任，认为妇女要自立的话首先应该有文化。

杭州有一所惠兴中学，是距离西湖最近的中学，位于上城区惠兴路11号。惠兴中学的前身是杭州贞文女学，后者于1904年开办（那年恰逢西泠印社成立），其创始人正是惠兴女士。1903年，慈禧允许地方兴办女子学堂，惠兴不顾家人反对，决意为女子做点事情。她找杭州有声望的满族女眷募捐，募得300多银元。为取得建校土地，她四处奔走，苦口婆心地游说浙江巡抚和镇守将军，终于获得了同意，在旗营内的原梅青书院旧址建造贞文女学。

翌年，学堂落成，惠兴女士担任首任校长。她在开学典礼上发表演说时，当众割下一块臂肉，声称若以后学校能办好，她的臂肉自然会复生，"若学校半途而废，我必将把这身子来

原孤山惠兴墓

殉这所学校"。后来，工匠频频前来索取工钱，而原先的认捐者却推托不给，反而说惠兴多事爱折腾。无奈之下，惠兴决心"以身殉学"。1905年11月25日凌晨，惠兴在写下两封给全校师生和镇守将军的绝命书以后，服下大量鸦片，于当日午后气绝身亡。

惠兴之死，震动了杭城上下，镇守将军连同浙江巡抚联名上书给朝廷，慈禧太后闻讯下令给惠兴立牌坊，将其下葬在孤山放鹤亭，并拨款给贞文女学。之后，京城便有一些梨园名角主动义演筹款，浙江地方政府决定把贞文女学收为官立，并改名"惠兴女学堂"，以资纪念。从此，这所学校便延续下来（惠兴女学堂的毕业生里有全国人大常委会原副委员长陈慕华）。

此事在全国反响极大，有人写成新戏《惠兴女士传》，在京津地区持续上演。清廷制定了女学章程，从此各地掀起兴办女学的高潮。可以说，惠兴之死让全国更多的女子获得了受教育的机会。

1956年，惠兴中学与邻近的东瓯中学合并，成为杭州市第十一中学，直到2000年，该校初高中部分离后，初中部才恢复杭州市惠兴中学的原名。这所学校培养了大批杰出人才，包括中国工程院院士、阿里云创始人王坚。

原先，惠兴墓是在孤山北麓放鹤亭西侧的玛瑙坡上，如今那里只立着一块惠兴墓的遗址纪念碑。我曾在东北生活过，惠兴有东北女子的刚烈气概，这样的女子值得我们纪念。

秋瑾：
西泠桥畔的鉴湖女侠

去孤山的西泠印社必经过西泠桥，桥北是苏小小的墓，桥南是"鉴湖女侠"秋瑾的墓和她的汉白玉雕像，她左手叉腰右手持剑，坚定地看着远方。

秋瑾是清末民主革命烈士，是我国近代史上第一位为民主革命牺牲的女英雄，为辛亥革命做出了巨大贡献；同时提倡女权和女学，为妇女解放运动的发展起到了巨大的推动作用。

秋瑾墓为什么会在这里呢？她不是在绍兴轩亭口就义的吗？

后来我发现，葬在西子湖畔是秋瑾生前的愿望，她的好友们悄悄帮她完成了。不查不知道，一查吓一跳：从秋瑾去世的1907年，到1981年最后落葬西子湖畔，竟然相隔了七十四年。其间因为种种原因，她的遗骸在绍兴、湖南（夫家所在地）和杭州西湖来回搬迁共达10次。

秋瑾本名秋闺瑾，秋瑾是她东渡日本时改的名字。她祖籍浙江绍兴，1875年出生于福建漳州云霄县。清光绪年间，秋瑾的祖父出任云霄抚民厅同知，秋瑾父亲和母亲单氏（萧山人）随寓于云霄县城紫阳书院。云霄方言（闽南话和客家话）称女

秋瑾塑像，作者摄于孤山

孩为"嫧"，孩子讨人喜欢称为"乖"，故秋瑾出生后被取名为"闺瑾"（谐音）。

秋瑾的祖父在云霄两度任职，中间曾调离三年，直至秋瑾七岁，秋家才从云霄离开。在紫阳书院，年幼的秋瑾常随学子们读书习文、学诗写字，深受书院的启蒙和熏陶，度过了一段宝贵的童年时光。她的父亲秋寿南曾就读于杭州紫阳书院，中举后在福建、湖南等地为官，官至湖南郴州、桂阳知州。1901年，他病逝于桂阳知州任上。

1894年，秋寿南任湘乡县（隶属湘潭市）督销总办时，将秋瑾许配给王廷钧（湖南省娄底市双峰县荷叶镇人）为妻。1896年，秋、王成婚。王廷钧在湘潭开设义源当铺，秋瑾住在湘潭，常回婆家。后来，王廷钧两度在户部任职，秋瑾随夫前往京城，其间一双儿女相继诞生于荷叶镇王家。

1904年夏天,秋瑾不顾丈夫的反对,自费东渡日本留学,在东京她补习日文,常参加留学生大会和浙江、湖南同乡会,登台演说革命救国和女权道理。同时秋瑾还广交仁人志士,如周树人(鲁迅)、陶成章、黄兴、宋教仁、陈天华等。在此期间,秋瑾积极参加留日学生的革命活动和妇女运动,创办《白话报》,受封洪门天地会"白纸扇"(军师)。

1906年,秋瑾因反对日本政府颁布的《清国留学生取缔规则》,愤而回国。她先后在绍兴、湖州南浔任教,往返于沪杭之间,发展同志。1907年初,《中国女报》创刊,秋瑾撰文提倡女权,宣传革命。不久因丧母回绍兴,以大通学堂为据点,准备在浙皖起义。不料7月6日,徐锡麟在安庆起义失败,秋瑾拒绝离开绍兴,表示"革命要流血才会成功"。她独自留守大通学堂,被捕后仅书"秋风秋雨愁煞人"以对。15日凌晨,秋瑾从容就义于绍兴轩亭口,年仅三十三岁。

值得一提的是,我们现在说的普通话也与秋瑾有关。原来她留日期间,常参加留学生组织的"演说练习会",以期掌握演说这一宣传革命的武器。在她拟订的《演说练习会简章》中,出现了"普通语"一词。

正是受这件事的启发,她与同年留日的江苏昆山人朱文熊等交换了意见。1906年,二十三岁的朱文熊写了一本书,名为《江苏新字母》。在书中,他把汉语分成三类:国文(文言文)、普通话和俗语(方言)。明确给普通话下了定义:"各省通行之话。"他主张采用拉丁字母给汉字注音。后来,经过现当代学者们的共同努力,我们才有了以北京语音为标准音的普通话。1982年,"国家推广全国通用的普通话"被写入《中华人民共和国宪法》。

秋瑾故居,蔡天新摄于绍兴

鲁迅：
不喜欢杭州，孤山却有他的铜像

有一天，我路过孤山东侧的一处草坪，看见一个熟悉的背影，那是尽人皆知的大文豪鲁迅的铜像。只见他坐在石凳上，身穿长袍，背朝西湖，额头略微抬起，好像在思考着什么。鲁迅与孤山可有故事？经过一番查阅和调研，我发现鲁迅先生不仅到过孤山，还曾来过西泠印社。

1881年，鲁迅出生在绍兴东昌坊新台门周家，那里离杭州并不远。但他第一次来杭州时已经十七岁了。当时，他的祖父因为科举贿赂案被判死缓（后改判有期徒刑八年，其时他的父亲已病逝），关押在清波门附近的花牌楼杭州府监狱。后来鲁迅在南京水师学堂和江南陆师学堂求学期间，每次经过杭州也会去看望祖父（他的弟弟周作人则在杭州陪侍一年多）。

1909年，鲁迅从日本留学回国，他曾在杭州的浙江两级师范学堂（今杭州高级中学）担任生理学和化学老师，兼任日本教员的植物学翻译，其间常来孤山和西湖边的宝石山、玉皇山一带采集植物标本（现在杭高还有他采集的标本呢）。有一次，他带着学生爬葛岭和栖霞岭，最后穿过孤山，沿着白堤返校。

可惜一年之后，他就回家乡绍兴任教了。

鲁迅最后一次来杭州是在1928年夏天，他应老同事的邀请，偕许广平乘火车从上海来杭州游玩。他们住在北山路的新新饭店（一说是在清泰第二旅馆，又名群英饭店），那是民国时期杭州最著名的饭店之一，许多社会名流和政要曾下榻此处。

孤山鲁迅坐像，作者摄

有一天中午，鲁迅一行来到孤山的楼外楼用餐，随后去西泠印社参观，在四照阁品茶畅聊，最后还买了一些金石碑帖。鲁迅先生非常喜欢篆刻，对汉代画像和碑帖颇有研究。在他的日记里，提到西泠印社有40多次。遗憾的是，当时印社的同仁没请他留下墨宝或与他合影留念。

那次离开杭州之前，鲁迅先生和许广平还曾再次来到孤山，在楼外楼用午餐。之后，他们去了虎跑定慧寺，那是因为弘一法师（李叔同）先前曾在定慧寺出家，故而来杭州的文人墨客喜欢去那个寺庙。值得一提的是，多才多艺的弘一法师也是西泠印社的早期社员。

鲁迅先生去世后,西泠印社同仁曾刻印汇成《鲁迅笔名印谱》,由荣宝斋出品。1989年,沙孟海社长在印社成立八十五周年纪念会致辞中提道:"鲁迅先生平日讲究印章,写过印谱序,编入全集中。"

虽说鲁迅一生曾多次来杭州,并在这里工作和生活过,但他似乎并不喜欢杭州。据说当年郁达夫准备迁居杭州时,鲁迅先生专门写了一首诗劝阻。他对西湖的评价是:"至于西湖风景,虽然宜人,有吃的地方,也有玩的地方,如果流连忘返,湖光山色,也会消磨人的志气的。"

鲁迅不喜欢杭州,可能是因为他的祖父在杭州坐过牢。1924年,鲁迅听闻雷峰塔倒了,写了一篇《论雷峰塔的倒掉》:"'雷峰夕照'的真景我也见过,并不见佳,我以为。"还写了一篇《再论雷峰塔的倒掉》,批评西湖的"十景病"。

尽管如此,1981年,鲁迅先生诞辰一百周年之际,杭州仍在最美的孤山,在"西湖十景"之一的"平湖秋月"近旁的大草坪上,为鲁迅先生立了一尊铜像,其主要作者是中国美术学院教授潘锡柔。我想,这也是杭州作为一座古都和省会城市应该具备的一种气度。

马一浮：
精通七门语言，为浙大写了校歌

花港公园内一棵古樟树下，有一座轻巧镂空的林徽因纪念碑，由青铜和青石板合成。距离纪念碑不到200米处，有一座宽绰的马一浮纪念馆，两旁楹联由国学大师梁漱溟先生书写：千年国粹，一代儒宗。

马一浮（1883—1967），绍兴人，他不仅是大儒，也是中国现代思想家、诗人、书法家。马先生生于成都，上有三个姐姐，其时他的父亲在四川仁寿县担任知县。马先生的外祖家是陕西汉中望族，因此他有些南人北相。马先生自小聪慧，四岁开始学唐诗，次年随家人返回老家绍兴。

十五岁，马一浮与周树人（鲁迅）和周作人两兄弟一起应县试，因独占鳌头而名噪一时，得到时任浙江都督汤寿潜的赏识。后来，汤寿潜还将自己的长女汤孝愍许配给他。夫妻恩爱，但婚后仅三年，汤孝愍就病逝了。重情的马一浮谢绝了所有媒人的提亲，包括老丈人要把三女儿嫁给他的建议，立誓献身国学，终身不再娶妻。

十六岁，他赴上海习英文、法文和拉丁文。二十岁受清政府派遣赴美国，担任驻美使馆留学生监督公署中文文牍，后游学德国、西班牙和日本，精通多门外语。在美国，他发现了马克思的《资本论》，最先把它介绍到中国。在日本，他结识了鲁迅、秋瑾、章太炎等，支持辛亥革命。

1905年底，马一浮从日本回国，在江苏镇江待了一年后来到杭州，下榻在孤山西泠印社内柏堂（时属广化寺）。在柏堂，马一浮用三年时间读文澜阁所藏《四库全书》。

无论是中西方文化，还是文、史、哲等其他方面，马一浮的造诣均属一流。在西泠印社社员里，马老与弘一法师和丰子恺的交情最好，弘一法师出家前，常与之探讨佛学。西泠印社也将学贯中西的马先生和首任社长吴昌硕、多才多艺的弘一法师视作社里最有代表性的三位社员。

马一浮先生精通宋明理学，融会程朱和陆王两派的思想，埋头做学问，多次谢绝两位老乡——北大校长蔡元培、浙大校长竺可桢的邀请。待到抗日战争全面爆发，马一浮先生终于接受西迁途中的浙大校长竺可桢之邀，担任浙大教授，他先后在江西泰和和广西宜山为浙大学子授课，随后辑成《泰和会语》和《宜山会语》。

在宜山，竺可桢校长在一次校务会议上，决定以"求是"为校训，并请马先生撰写校歌歌词。马先生便写下《大不自多》：

大不自多，海纳江河。惟学无际，际于天地。
形上谓道兮，形下谓器。礼主别异兮，乐主和同。
知其不二兮，尔听斯聪。国有成均，在浙之滨。
昔言求是，实启尔求真……

歌词中有"求是"，也有"启真"，后者如今是浙大主校区紫金港校区内的湖名。由于是文言文，不容易理解，据说竺校长曾考虑请丰子恺另撰。但丰子恺视马一浮为师长，对这首词加以赞赏。竺校长也觉得词义富有哲理，能体现浙大师生的求索精神，于是请著名音乐家、中央音乐学院教授应尚能谱曲，

杭州马一浮纪念馆，作者摄

校歌就这样诞生了。

有一年夏天,我和家人路过嵊州时,曾去参观浙大前校长马寅初先生故居,发现马寅初先生、马一浮先生和竺可桢校长的故里均在曹娥江两岸。尤其是马一浮先生老家长塘镇与竺校长老家东关镇(今绍兴市上虞区东关街道)隔江相望,两镇同属上虞,他们可谓是正宗老乡,难怪竺校长能请动马先生到浙大任教。

1952年,陈毅到蒋庄看望马一浮先生,不巧马先生尚在休息,他便在雨中等了好一会儿。1957年,周恩来总理陪苏联元帅、最高苏维埃主席团主席伏罗希洛夫来杭州,曾专程带客人到访蒋庄,周总理向客人介绍马先生是"全中国书读得最多的人"。1964年,毛泽东宴请部分全国政协委员,合影时特意请马先生坐在他和周恩来中间。马先生更被周恩来和陈毅称为国宝。

蒋庄是马一浮故居,在花港公园东门附近,邻近苏堤。占地面积3000多平方米,建筑面积近1300平方米。最初叫小万柳堂,是江苏无锡人、金石和书画收藏家廉惠卿所建,又称廉庄,他的妻子吴芝瑛是辛亥革命烈士秋瑾的挚友。秋瑾就义后,吴芝瑛四处奔走呼吁,将秋瑾葬于西泠桥畔。次年廉氏夫妇搬入廉庄。两年后,不幸因举债卖给了南京人蒋国榜,遂名蒋庄。

蒋国榜是回族儒商,爱好文学,拜马一浮先生为师。他的儿子蒋锡夔小时候住在蒋庄,从上海圣约翰大学毕业后,留学美国,获得华盛顿大学博士学位,与钱学森同年(1955)回国,先后受聘于中国科学院化学研究所和中国科学院上海有机化学研究所。他是我国物理有机化学的奠基人之一,1991年当选为中国科学院学部委员(院士),2002年获国家自然科学奖一等奖。

1950年4月,蒋国榜邀请老师马一浮先生来蒋庄住。马一浮一住就是十六年多,照顾他起居的汤淑方是他已故妻子的大侄女。1966年"文化大革命"开始,他因"反动学术权威"的罪名被赶出蒋庄,蛰居在安吉路51号。近一年之后,马先生的胃部大出血,住进了浙江医院。

一周以后,马先生的病情未见好转。他在白纸上写下郑晓沧、王驾吾、龚慈等人的名字(后面两位是他的弟子),希望与他们诀别,却未能如愿。1967年生日那天,马先生在《拟告别诸亲友》诗中写道:"沤灭全归海,花开正满枝。"这让人想起他的老友弘一法师圆寂时的留言:"华枝春满,天心月圆。"马先生不是出家人,却是在俗的佛学家。

1967年6月2日,马先生告别西湖。虽然他生前已在半山祖坟地为自己建好生圹,并自题墓辞,想与父母葬于一处,但是他的骨灰只能草草地安葬在留下黄泥坞,直到20世纪70年代末才迁至南山公墓。

马一浮先生在孤山三年,在蒋庄十六年多,在西湖边一共住了将近二十年,他与林和靖、俞樾可谓是在西湖边住得最久的三位文化名人。

苏曼殊：
葬于孤山唯一的混血儿

在孤山后麓一片隐秘的树林里，有一个环状的白色石栏，围绕着一根尖尖的石塔，塔顶是一个高高的葫芦顶造型。这是谁的墓呢？我好奇地走近一看，原来是苏曼殊墓遗址。

遗址旁边有一块石碑，上面介绍了墓主的生平事迹，原来苏曼殊是一位多才多艺的僧人，既是诗人又是画家，还是革命家。那为啥只是遗址呢？苏曼殊与孤山又有什么故事呢？我为此做了一番调研。

苏曼殊（1884—1918），广东香山（今珠海市沥溪村）人，父亲是一个富有的茶商，娶了四房太太，四姨太叫河合仙，是个日本姑娘。苏曼殊出生在东京外港横滨，他的生母不是河合仙，而是河合仙的双胞胎妹妹河合若子，故而他是个私生子，也是个混血儿。

苏曼殊出生不满三个月，生母便嫁人了，那时他的父亲早已回国，他由姨妈河合仙抚养。直到五岁那年，他才被接回中国。苏曼殊在故乡接受私塾教育，后到上海随父生活，并入西式学堂，十四岁又被送回日本留学，曾在横滨大学预科和早稻田大学学习。

苏曼殊天资聪颖,能诗善画,其古体诗在近代堪称大家,甚至被誉为"古典诗一座最后的山峰",精通汉、日、英、梵等多种语言,翻译过英国著名浪漫主义诗人拜伦的作品。他去世后,柳亚子出面主编了《苏曼殊全集》五卷,包括诗词、小说、杂文、译作、书信等。

苏曼殊十九岁加入留日学生的革命组织青年会和拒俄义勇队,翌年回国,任教于苏州吴中公学(后来曾任教于安徽芜湖)。同年,苏曼殊在广东惠州长寿寺削发为僧,他原名苏戬,出家后取法号曼殊。但他的情绪并不稳定,时僧时俗,时而壮怀激烈,时而放浪不羁,四处游荡,上海、东京、印尼、泰国、斯里兰卡,都留下了他的足迹。他还结交了陈独秀、陈英士等人,撰写檄文,发表《反袁宣言》。

孤山苏曼殊墓址,作者摄

苏曼殊是柳亚子等人创办的著名文学团体南社的成员，与年长四岁、同样留日归来、同是画家的李叔同被一起称为"南社二僧"。两人曾一同担任南社主办的《太平洋报》的编辑和主笔。只不过那时，一个是已经出家的和尚，另一个是尚未出家的未来的和尚（苏曼殊比李叔同早十五年出家）。

作为画家，苏曼殊与李叔同风格各异。苏曼殊画山水，取材多古寺闲僧或荒江孤舟，一番萧瑟的意味，这与他"浪漫""怪僧"的性情并不相符。李叔同性格清淡、稳重，所绘之作如《罗汉图》也是如此。《太平洋报》的编辑有时出入歌廊酒肆等风月场所，苏曼殊虽已出家，却混迹其中，唯李叔同孤高自恃，绝不参与。苏曼殊最爱吃糖，一次能吃掉三五罐，写作时会喝下大量冰水。

苏曼殊特别喜欢杭州，曾11次来西湖。第一次来是1905年秋，当时为了躲避清廷缉捕，他先是住在西湖边的新新饭店，后又去雷峰塔下面的白云庵。在那里，他白天与住持论道，或去孤山作画写诗，其中有一首叫《住西湖白云禅院作此》，是这样写的：

> 白云深处拥雷峰，几树寒梅带雪红。
> 斋罢垂垂浑入定，庵前潭影落疏钟。

他的诗"清艳明秀"，还有一首《本事诗》，也很美：

春雨楼头尺八箫,何时归看浙江潮。
芒鞋破钵无人识,踏过樱花第几桥。

苏曼殊最后一次来杭州是1917年,仍住在白云庵。由于长期的暴饮暴食,他得了严重的痢疾。翌年,他在上海病情加重,经医院抢救无效逝世,年仅三十五岁。他的好友、诗人柳亚子等提议并集资,将其安葬在他最爱的西子湖畔。

秋瑾的好姐妹徐自华听闻后,捐出孤山北路的一块地,孙中山先生为筑苏曼殊墓捐资。1964年12月,苏曼殊的骸骨与其他安葬在西湖边的革命志士的遗骨一起由孤山迁葬至西湖西侧的鸡笼山,孤山的苏曼殊墓便成了遗址。1981年,秋瑾墓迁回孤山,苏曼殊、林启和徐自华等六人之墓仍留在鸡笼山。

苏曼殊墓遗址碑文,作者摄

林徽因：
她在杭州很孤独，却留下了永久倩影

林徽因是我国第一位女性建筑学家，同时也是一名诗人，并参与设计中华人民共和国国徽。很早我就听说过林徽因，高中语文老师讲解徐志摩的诗《再别康桥》，其中最朗朗上口的几句是：

> 轻轻的我走了，
> 正如我轻轻的来；
> 我轻轻的招手，
> 作别西天的云彩。

老师还说起徐志摩与林徽因的爱情故事，当时他们都在英国游学。

印象里姓林的人以福建人居多，我妈妈姓林，祖籍便是福建。林徽因的祖籍也是福建，但她却出生在杭州，这是为何呢？原来，林徽因的爷爷是清代进士，曾在浙江金华、海宁、孝丰（今安吉）和仁和（今杭州）做过知县或知州，他把家眷安顿在杭州。林徽因的父亲在杭州读过书，娶了一位嘉兴女子，即林徽因的母亲。

1904年，林徽因出生在杭州陆官巷，后迁居至杭州清波门外的蔡官巷，这是一条有着浓郁江南民居特色的小巷，离今天的中国美院南山校区不远。据说，宋代女诗人李清照也在清波门一带居住过。写到这里，我有些好奇了，为啥叫蔡官巷？有蔡氏在此居住吗？

原来，明代有一位姓蔡的武官下榻于此，因此取名蔡官儿巷，后来改为蔡官巷。沿着西湖边的清波门向东，经过凤凰寺的古碑，进入清波街后在第二个十字路口右转便是蔡官巷。

作为蔡姓本家，我一定会找机会去蔡官巷一游。事实上，我真的和妹妹去看过了，那是在初夏的一个星期天早上，走在小巷里竟然没有遇到一个居民或游客。但我们在蔡官巷23号的外墙上看到了《林徽因语录》，并听到墙里头传出的说话声，里面有住户。林徽因本名徽音，是她爷爷从《诗经》里取的，后来因为当时有个男作家也叫林徽音，才改名林徽因。

她父亲纳妾生下了弟弟，而林家比较重男轻女，虽然她父亲仍视她为掌上明珠，但她们母女俩在杭州仍受到冷落，有些孤独。之前一直由奶奶和姑姑在杭州家里教她念书。八岁那年，她的父亲在南京找到了工作，便把家人接到上海居住，林徽因在虹口一所小学念书。

又过了两年，林徽因的父亲到北洋政府工作（后升迁为司法总长），她便又随家人北上。十七岁那年，她跟着父亲游历欧

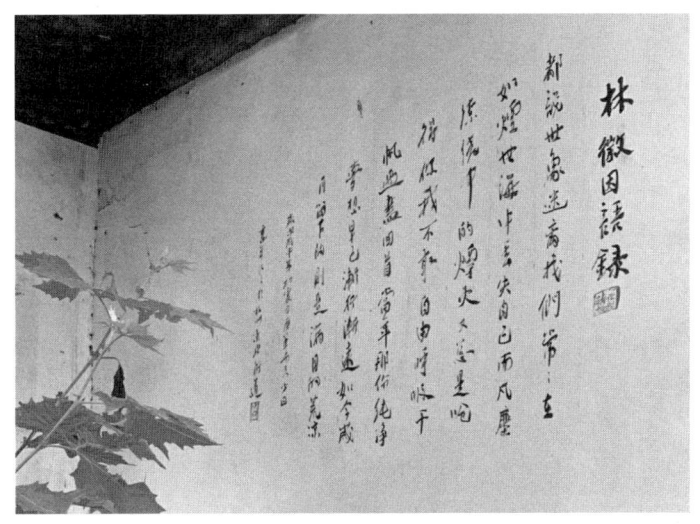

蔡官巷《林徽因语录》,作者摄

洲。她在伦敦遇见诗人徐志摩,两人产生了激烈的情感碰撞。遗憾的是,有情人未成眷属。

1924年5月,印度大诗人泰戈尔访华,林徽因与徐志摩全程作陪,泰戈尔见两人的感情有裂痕,一直想撮合,徐志摩把对林徽因的心思都表达了出来,但林徽因并没有对徐志摩给予正面回应。林徽因的父亲与梁启超是莫逆之交,早已将女儿与梁公子思成看成了一对。

那年6月,林徽因与梁思成一起赴美留学,就读于宾夕法尼亚大学。后来,林徽因又到耶鲁大学学习舞台美术设计。两人于1928年春天在美国结婚,当年夏天回国。

1931年冬天,徐志摩为了听林徽因的讲座,从南京搭乘邮政飞机"济南"号回北京,飞机不幸在雾中撞上了济南南郊一座叫开山的小山,徐志摩罹难,去世时年仅三十五岁。

前不久,我和朋友游花港公园时,意外地看到一棵古樟树下面有一座林徽因纪念碑,由青铜和青石板镂空而成,是杭州市政府和清华大学建筑学院共同铸造的,2006年落成。碑中有她的剪影和文字,当湖面泛光时,尤显明亮。

林徽因去世半个世纪以后,这位杭州的女儿终于在西子湖畔留下了永久的倩影。遗憾的是,作为浙江人的徐志摩没有获得这份殊荣。两年之后,即2008年,刻有本文开头提及那几行诗句的石碑却竖立在了他当年听过课的剑桥大学国王学院的草坪上。

林徽因纪念碑,作者摄于花港观鱼

现当代

潘天寿：
孤山之南，一代宗师

在孤山西泠印社西边那片树（竹）丛边缘，有一座面朝西湖的全身雕像，只见他身着长袍，双手交叉扶着拐杖，脸上戴着眼镜，笑容可掬、姿态端庄地坐在一块大石头上。这位老先生是谁呢？他就是已故的西泠印社副社长潘天寿先生（1897—1971），他更为人知的身份是国画界鼎鼎大名的一代宗师、浙江美术学院院长。

潘天寿出生于宁海县冠庄村，该村现属桃源街道，正好是甬台温高速宁海入口处。他六岁便喜欢书画，后来就读于杭州的浙江省立第一师范学校，毕业后回到宁海，在一所小学教书，工作之余画画、写作和篆刻。

1923年，潘天寿到上海一所女子学校教书，并在上海美术专科学校兼课。后经好友引荐，得以结识西泠印社首任社长吴昌硕先生。那时，吴老年近八旬，他们称得上是一对忘年交。吴老非常欣赏潘天寿的才华，对他赞不绝口。吴老看了潘天寿的作品，为他的篆书撰写对联，实属难得。

1924年，潘天寿受聘为上海美专教授，开始撰写《中国绘画史》。1926年，此书由商务印书馆出版。他在序言中指出："艺术的所以发生，是依了时代的精神和种族的个性。"1928年初春，潘天寿应邀出任杭州国立艺术院国画系教授兼系主任。从此，他定居杭州。1944—1967年，他先后出任国立艺专校长和浙江美院院长。

再后来，潘天寿先生辞去院长一职，专事学术和创作。潘先生与他的夫人何愔是师生恋。据说当年在喜宴上，助教拿他俩的姓口占了一联："有水有田兼有米，添人添口又添丁。"一时传为佳话。其二公子潘公凯也是国画家，曾先后担任中国美术学院院长和中央美术学院院长。

"文化大革命"期间，潘天寿被关进牛棚达三年之久，随后被押回故乡宁海游斗，返杭途中，他在一张香烟纸上作绝命诗："是非在罗织，自古有沉冤。"重病期间，他被押往工厂

潘天寿雕像，作者摄于孤山

劳动改造，终于卧床不起，心力衰竭……1971年9月5日天明之前，潘天寿含冤去世。

1997年，潘天寿先生诞辰一百周年，浙江省人民政府在孤山竖立他的雕像作为纪念。我寻思，西泠印社多位社长都没有在孤山立雕像，潘天寿作为一位副社长却在孤山立雕像，这可能是因为他不仅擅长书法、篆刻，也是一代绘画宗师吧。潘天寿先生以花鸟画和山水画见长，也兼人物画、指画。

潘天寿墓园和听天阁，作者摄于杭州九曜山

南山路景云村1号是潘天寿先生生前居住过的地方，已辟为潘天寿纪念馆。这幢青砖二层楼房，门匾由沙孟海先生题写。正厅是画家生前的画室兼书房，陈设生前用品。书房中的对联"戒是无上菩提本，佛为一切智慧灯"为弘一法师赠言。侧室陈列潘天寿的画作、著作，还有苏联艺术科学院授予潘天寿先生的名誉院士的证书。这座纪念馆是国内保存潘天寿作品最多、最全的地方，已入选"中国20世纪建筑遗产项目"名录。

2021年，我去超山拜谒吴昌硕先生墓地，发现旁边还有潘天寿及其夫人何愔、长子潘炘三人的合葬墓，墓前还有潘先生石像。后来我得知，潘天寿去世后，骨灰一直存放在杭州殡仪馆，1976年初，五年存期快到，弟子朱颖人帮他找到超山的墓地，就在吴昌硕墓近旁。然而，就在要下葬时，潘老夫人不满意，希望有个更开阔的地方，最后找到并下葬在西湖南面的九曜山。

林风眠：
蔡元培的忘年交，二十六岁任大学校长

国立艺术院（现中国美术学院）首任院长、著名油画家林风眠先生（1900—1991）出生于世纪之交的1900年，他是迄今为止中国最年轻的艺术院校校长（仅二十六岁就担任国立北京艺专校长）。

在平湖秋月对面的浙江博物馆内草坪上，有林风眠与教育家蔡元培的塑像，只见蔡元培坐在长凳上，双手扶着膝盖，林风眠站在他的近旁，两眼炯炯有神，他们面朝着西湖。

在我写过的孤山人物中，鲁迅、秋瑾、苏曼殊等均曾留学日本，还有"日本馒头始祖"林净因，而蔡元培和林风眠却留学欧洲。先说说本家蔡元培（1868—1940）。他是著名教育家和民主革命家，又一位绍兴名人。

蔡元培十一岁那年，父亲去世，他被寄养在姨母家。十七岁考取秀才，二十二岁中举人，二十五岁中进士。之后参与各种政治、社会、教育活动。三十九岁走出国门，先后去德国、法国等国游学。1912年，四十五岁的蔡元培被孙中山举荐，担任南京临时政府首任教育总长。

1924年,蔡元培在法国斯特拉斯堡参观中国古代与现代美术展览会时,看见一位叫林风眠的画家作品特别多,他被其中一幅《摸索》吸引了。经友人引荐,蔡元培结识了才华横溢的青年画家林风眠,并成为好朋友。两人相差三十二岁,可谓是一对忘年交。

林风眠是广东梅州人,幼时喜爱绘画。从故乡的中学毕业以后,他考入上海美术专科学校。十八岁收到一位在巴黎的同乡好友的来信,遂决定赴法勤工俭学,他的家境贫寒,幸得印度洋岛国毛里求斯华侨团体的资助,才完成了学业。

1925年,林风眠回国。同年,任国立艺术专门学校校长(位于北京)。1927年,在南京担任国民党政府大学院(相当于教育部)院长的蔡元培聘请他为大学院艺术教育委员会主任委员,一贯倡导美育的蔡元培亲笔手书,委托他在杭州筹备成立国立艺术院。1928年春天,国立艺术院在孤山正式建校,校舍就是清

林风眠与蔡元培塑像,作者摄

代浙江巡抚阮元创建的诂经精舍。蔡元培任命林风眠为国立艺术院首任院长。次年，国立艺术院更名为国立杭州艺术专科学校（简称杭州艺专）。

1957年，杭州艺专迁往南山路新校舍，次年更名为浙江美术学院，1993年更名为中国美术学院。原来的孤山校址划归浙江省博物馆，20世纪90年代方才拆旧建新。1999年，博物馆内新建西湖美术馆，同时在新馆前立了蔡元培和林风眠的塑像。

杭州艺专以国画见长，国画大师黄宾虹和潘天寿等均在此耕耘多年，林风眠还邀请齐白石前来讲课。林风眠本人是油画家，故油画也是杭州艺专的强项，培养了赵无极、朱德群、吴冠中"三剑客"。"三剑客"蜚声世界，他们都曾当选法兰西艺术院院士或通信院士。

作为一名艺术教育家，林风眠主张东西方艺术融会贯通，取长补短，反对因袭前人、墨守成规。他本人对中国传统绘画乃至文学、音乐等有很深的研究。林风眠与同样留法的徐悲鸿观点有所不同，后者主张现实主义，而前者认为现代主义和自由创作也一样重要。

据说，当年赵无极不喜欢潘天寿先生的临摹方法，曾跳窗逃学，考试时他又在卷子上画了一个大大的墨团，并题上"赵无极画石"。潘老先生愤怒至极，坚决要求校方开除赵无极，被林风眠校长劝住了。也因为如此，当1979年赵无极从巴黎载誉归来，见到老校长林风眠竟长跪不起。

林风眠与蔡元培之间的故事很多。1928年国立艺术院成立，大学院院长蔡元培不仅亲自从南京来杭州出席，且不住新新饭店或其他宾馆，而是与夫人在林风眠租住的葛岭的一间小平房里待了五天，引得舆论哗然。

蔡元培之所以这样做，是希望大家对这位年轻校长予以支持，因此学校一度办学顺利，硕果累累。然而，随着时代的变迁，林风眠的教育观念不再被接受，他后来被解职，凄然离开了杭州。也许是冥冥中的命运使然，蔡元培和林风眠这对忘年交，晚年均在香港度过。

国立艺术院院碑

霍金：
那一年夏天，他曾来过西湖

英国著名物理学家、宇宙学家史蒂芬·霍金（1942—2018）也曾来过杭州，他在杭州逗留了一周，住在西湖边的香格里拉饭店，还被授予"杭州市荣誉市民"称号。

霍金是我非常崇敬的科学家，他证明了广义相对论的奇点理论和黑洞面积定理，提出了黑洞蒸发理论等。巧合的是，霍金的生辰1942年1月8日，刚好是意大利物理学家伽利略逝世三百周年。

1963年，正当二十二岁的霍金从牛津大学毕业之际，他患上了卢伽雷氏症（俗称渐冻症），全身瘫痪，逐渐丧失了言语功能，行动非常不便，只能依靠轮椅，手指也只有三根可以移动。尽管如此，霍金经过自己的努力，取得了举世瞩目的科学成就，很励志，也很让人感动。

2002年盛夏，霍金先生应邀来浙江大学参加一个弦理论的国际会议。能请到史蒂芬·霍金很不容易，据说是在浙大兼职的美籍华裔数学家丘成桐先生促成的（授予霍金"杭州市荣誉市民"称号也是他的建议）。会议开幕前一天，霍金和夫人一行飞抵浦东机场。

随后，霍金先生和夫人被浙大方面直接接到西湖边的香格里拉饭店。据当时负责接待霍金的浙大数学中心的一位老师说，为了照顾霍金先生的身体，霍金夫人和三位护士一路小心翼翼地将霍金先生护送到香格里拉饭店。

有一天，应霍金夫妇要求，会议组委会安排他们乘画舫游览西湖。参观三潭印月时，霍金称赞道"It is very beautiful"。这是那天他在船上说的最完整的一句话。后来船行到西泠桥边，飘来一阵荷香，霍金的鼻翼翕动，夫人说荷花真香，他们以前看到过睡莲，但没见过荷花。

上岸之前，画舫在荷香中停了许久，大家都静静地等着。看到霍金先生和夫人那么喜欢荷花，回到香格里拉饭店以后，工作人员特意到附近的曲院风荷花房买了一支，送到他们的客房里。

记得爸爸跟我说过，有一天，他和浙大的一些同事曾与霍金先生在黄龙饭店共进晚餐，不过是坐在隔壁桌。爸爸后来告诉我，他有点后悔当初没去向霍金先生敬酒并合个影。几年以后，爸爸去剑桥访问，曾在一位剑桥友人的陪伴下，专门去霍金办公室探望，那是一幢陈旧的木质老房子，霍金办公室的大门是黑色的，可惜那天他不在办公室里。

爸爸还在霍金的食堂用过晚餐，看见他的画像和同样来过中国的科学史学家李约瑟先生的画像并排挂在餐厅墙壁上（据说霍金办公室里挂着一幅在南京出生的李约瑟夫人的书法作品呢)。

除了学术研究,霍金也致力于科学普及。1988年,他撰写的《时间简史》出版了。这本书分12章,深入浅出地介绍了遥远的星系、黑洞、粒子和反物质等前沿知识,对宇宙的起源、空间和时间以及相对论等命题进行了较为通俗的阐述,让那些对宇宙学有兴趣的普通读者了解他的理论和其中的数学原理。

《时间简史》出版以来,已被译成包括中文在内的40多种文字,累计销售2500多万册,成为一本畅销全球的科学著作,霍金因此成功"出圈",进入公众的视野。遗憾的是,虽然爸爸书架上也有这本书,至今我还在等待时机,去鼓起勇气翻阅几页呢。

爸爸写了一本《数学简史》,算是向写《时间简史》的霍金先生致敬了。如今大师已逝,我们再也见不到霍金先生和他歪歪的脑袋了。

中文版《时间简史》书影

下辑 建筑篇

古宅

安乐坊：
苏东坡所建，治瘟疫救百姓

"苏堤春晓"位列"西湖十景"之一，这是大诗人苏东坡对杭州的贡献。某个春节，我得闲读了林语堂的《苏东坡传》，发现苏东坡任知州的第二年，杭州曾流行瘟疫，那是1090年春天。

话说北宋元祐年间杭州人口只有50来万，却有成百上千的百姓得了瘟疫，许多人被夺去生命，情况非常糟糕。幸好，苏东坡有一剂特效药。

原来，苏东坡早些年被贬黄州（今属湖北黄冈）时，曾从一位高人那里得到秘方"圣散子"，含高良姜、厚朴、半夏、甘草、草豆蔻、木猪苓、柴胡、藿香、石菖蒲和麻黄等20种中药材，这些药材虽然廉价，但治疗瘟疫效果显著。苏东坡将其献了出来，公之于众。

不仅如此，苏东坡还自掏腰包采购药材，在街头支起大锅，煎熬汤剂，"不问老少良贱，各服一大盏"。稍后，他发现药铺等效率很低，需要一个强有力的组织机构帮助病人。作为杭州的最高长官，苏东坡当机立断，动用了2000缗公款，他本人则捐了50两黄金，在众安桥建了一所公立医院，叫"安乐坊"，先后收治了1000多名患者。

这是中国最早的一家公立医院,就在今天离西湖不远的惠民路,想必这个路名也有所指。作为旅游和商业名城,来往杭州的客人很多,时常会闹各种疫病。苏东坡两次在杭州为官,第二次为官时,在修完苏堤后,不幸遇上了瘟疫。他迎难而上,勇于担当,并以身作则。1091年初,苏东坡升迁吏部尚书,离开杭州前往京都开封。安乐坊仍留存下来,继续作为救治百姓之场所。

惠民路口,作者摄

到了宋徽宗时代，安乐坊迁到了西湖边，改名"安济坊"，具体地点不详，可能是如今与惠民路平行的西湖新天地一带。说到宋徽宗（1082—1135），他在艺术方面造诣极高，是皇帝中的艺术家，不仅创造了"瘦金体"的书法，还以花鸟画见长，自成"院体"或"院画"。西泠印社文创产品里就有古色古香的"宋徽宗花鸟画"丝绸书签。

遗憾的是，无论安乐坊还是安济坊，今已无存。其实，宋代社会各项福利都很好，据《宋史》记载："若丐者育之于居养院；其病也，疗之于安济坊；其死也，葬之于漏泽园，岁以为常。"

20世纪法国汉学家谢和耐在他的著作《蒙元入侵前夜的中国日常生活》里提到，宋代杭州的官立药局有政府补贴，药价只有市价的三分之一，"贫困、老迈和残疾者均可在安济坊免费得到医疗"。他有所不知的是，安济坊模式的开创者，正是诗人苏东坡。可以想象，假如宋代有互联网，受百姓爱戴的东坡先生一定会是个大网红。

文澜阁：
孤山最古老的建筑，黄河以南独一无二

浙江博物馆西侧有一幢清代建筑——文澜阁，它是一座宏大的楼宇，面朝西湖，坐落在一座典型的江南庭院里。文澜阁不容易被看见，因为游客通常会被西湖或孤山路上的风景所吸引。

文澜阁是清朝为珍藏《四库全书》而建的七大藏书阁之一。《四库全书》是我国历史上规模最大的丛书，1772年乾隆皇帝下令编修。四库是指经、史、子、集，"经"为经书，"史"为史书，"子"为儒家、释家、道家、兵家、法家、农家、医家、天文算法、小说家等，"集"分楚辞、别集、总集、诗文评、词曲五类。

据说最初，《四库全书》只缮写了四套，在北方建了四座藏书阁，分别是北京紫禁城皇宫内的文渊阁、圆明园的文源阁、承德避暑山庄的文津阁和奉天（今沈阳）故宫的文溯阁，简称"北四阁"。

后来，乾隆皇帝觉得"江浙为人文渊薮，允宜广布流传，以光文治"，遂于1779年下令再缮写三套《四库全书》，并建造了镇江金山寺的文宗阁、扬州大观堂的文汇阁和杭州孤山的文澜阁，简称"南三阁"。文澜阁对外开放，在既没有大学，也没有图书馆的18世纪，对读书人来说很有意义。

值得一提的是，七大藏书阁都是仿宁波范氏天一阁的风格建造的，后者是明清最著名的私人藏书楼。小时候我曾随家人去宁波玩，到过天一阁，难怪觉得文澜阁有点面熟呢。当然，既是皇家，气派自然有所不同。园内有假山、池桥、奇石、碑亭，亭上刻着乾隆皇帝的题诗。文澜阁初建于乾隆时期，它的前身是圣因寺（康熙南巡行宫）的藏经阁。

七座藏书阁中，文澜阁是最晚落成的，它也可能是孤山现存最古老的建筑。浙江博物馆东侧的白苏二公祠，由时任浙江巡抚阮元于1798年提议建成，后因战乱被毁，如今的白苏二公祠于2005年重建。浙江博物馆与西泠印社之间的楼外楼饭店，初建于1848年，当时只是平房，后来改建为二层楼房，直到

从中山公园眺望文澜阁，作者摄

1926年才升级成如今的三层洋楼。而印社西侧的俞楼（俞曲园纪念馆）初建于1878年，比文澜阁要晚九十多年，如今的俞楼是在1998年重建的。

1861年，继镇江文宗阁、扬州文汇阁之后，文澜阁也在战火中不幸倒塌，《四库全书》散落民间。幸好，著名藏书家丁氏兄弟（丁申和丁丙）的钱塘八千卷藏书楼（共三座，唯有重建的小八千卷楼尚存）有文澜阁《四库全书》的残本，哥俩顶着风险到处寻找、补抄。1880年，浙江巡抚谭钟麟（1822—1905，湖南茶陵人，国民党元老谭延闿的父亲）奏请重建文澜阁，翌年终于落成。

丁氏兄弟不仅捐出珍贵藏书，而且继续搜寻缺失的文澜阁书籍，直到1888年才使文澜阁基本恢复原貌。丁氏兄弟的藏书楼属于"晚清四大藏书楼"之一，这四大藏书楼分别是江苏常熟瞿氏铁琴铜剑楼、山东聊城杨氏海源阁、浙江归安陆氏皕宋楼、杭州丁氏八千卷楼，其中三座在江浙。八千卷楼原址在头发巷（今直大方伯路）田家园，今日浙江大学医学院附属第一医院和第二医院在此。

再说孤山文澜阁，经过四次维修，终于在2013年夏恢复开放，如今仍向世人传递厚重的文化和人文精神。杭州现有文澜路、文澜中学、文澜小学等四所带有"文澜"两字的学校，浙江图书馆设有"文澜大讲堂"。而扬州文汇阁至今仅存遗址，镇江文宗阁虽说已于2011年重新建成，但只是一座空楼。

诂经精舍：
最早开设自然科学课程的书院

林社与"平湖秋月"之间有个白苏二公祠，这是时任浙江巡抚阮元提议为纪念白居易和苏东坡两位大诗人而建的。阮元还在孤山创建了诂经精舍，那是求是书院之前的浙江省最高学府。

进得白苏二公祠大门，左侧是一块大石头，上面刻着该祠的历史，也提到这里曾是诂经精舍的校舍。往里走是一个中式建筑的祠堂，内有一匾额，上书"山水功臣"，这是为了纪念白苏二人在杭为官时所做的贡献。

阮元，江苏扬州人，1789年进士，后出任浙江学政等职，1799年出任浙江巡抚。在任期间，政绩颇多，除了平定海盗、疏浚西湖，便是1801年在孤山创建诂经精舍，在人才培养和包括经学在内的学术研究方面做出很大贡献。同时，也"以天文算术别为一科"选拔人才。

西泠印社首任社长吴昌硕先生年轻时曾在诂经精舍学习，后来成为集诗、书、画、印于一身的艺术大师。之后，清末民初民主革命家、思想家、学者章太炎也曾在诂经精舍求学，今《章太炎全集》首卷便有《诂经札记》。此外，诂经精舍还培养了教育家朱一新（义乌人）、学者黄以周（定海人），前者曾任广州广雅书院（中山大学前身）山长（校长），后者在无锡江阴南菁书院任教十五年。

至于教书先生，最著名的要数经学大师俞樾，他在精舍执教三十年。吴昌硕离开故乡安吉后，曾游学于湖州，在大名士颜文采家做幕僚。在颜家藏书楼翻阅大量古籍后，他觉得金石书画须有相当深的学术功底，于是负笈西子湖畔，就学于诂经精舍，师从经学大师俞樾，主攻文字学和词章学，这对他个人学识的积淀、金石篆刻的取法、书法诸体的师承产生了深远影响。俞樾去世后，他饱含深情撰写挽联："薄植荷栽培，附公门桃李行，今成松木；名山藏著作，自中兴将相后，别是传人。"

阮元还是一代文宗，他主持校刻的《十三经注疏》被誉为最完善的版本，是文史工作者经常查阅的书籍。更为难得的是，阮元还是一位数学史家，曾在民间寻访到元代数学家朱世杰失传多年的代表作《四元玉鉴》，主编过我国第一部科学家传记《畴人传》。这部传记初版于1799年，共有280位传主，其中有243位同胞，也有欧几里得、阿基米德、托勒密、哥白尼、第谷、利玛窦等37位外国科学家。

我在我爸爸写的书《数学传奇》里读到，诂经精舍的一个重要意义在于，率先在全国开设算学、天文、化学、测绘等自然科学课程。之后，湖南张之洞创办的书院也效仿了它。诂经精舍虽然没有培养出数学家或自然科学家，但它散播了种子，开启了先河。

阮元1809年离开浙江，1849年在扬州逝世。之后，诂经精舍仍坚持了半个多世纪。直到1904年，由于经费不足（部分拨给了求是书院）才停办。校舍留给了国立艺术院（后更名为"国立杭州艺术专科学校"），艺专在1957年迁往南山路（如今的中国美术学院所在地）后，校舍又给了浙江省博物馆。1992年浙江省博物馆重建，诂经精舍校舍不复存在。

2018年，在我爸爸的建议之下，杭州市有关部门在浙江省博物馆（即诂经精舍原址所在地）门口，竖立起一块大理石碑，上面的碑文记叙了诂经精舍简史，还有一幅刻印的阮元像。可惜的是，画匠临摹的是阮元晚年的肖像，而阮元担任浙江巡抚、创办诂经精舍时年方三十多岁。无论如何，这块石碑与西湖三岛之一的阮公墩（离孤山最近）遥相呼应，是西湖对阮元的致敬。

浙江省博物馆孤山馆区，原址为诂经精舍，作者摄

敬一书院：
从清代"百家讲坛"到财神庙

近日，有位年长的同事告诉我，孤山净因亭（为纪念日本馒头始祖林净因而建）附近有一座敬一书院。起初我误听成"净因书院"，心想，林净因并非读书人，为何会以他的名字命名书院呢？待我查阅了孤山地图，发现果然是听错了，原来是"敬一书院"，就在放鹤亭和净因亭之间。书院有前后两间厅堂，左右两间厢房，门口还有块匾额，上书"孤山一片云"。

敬一书院初建于清康熙二十四年（1685），每月两次活动，初一名士谈心性，十五儒师授经。活动之频繁，犹如今日宝石山上的纯真年代书吧或体育场路上的晓风书屋，如今有人将其誉为清代"百家讲坛"。书院由时任浙江巡抚赵士麟创办并主持，与另一位浙江巡抚阮元创办的诂经精舍近在咫尺，但要早一百多年。

赵士麟是云南澄江人，1664年考取进士，曾在贵州任推官。他大公无私，详查案情，惩暴安良。康熙二十三年（1684），赵士麟迁升浙江巡抚，到任视事后，博采群言，调查研究，避害兴利，解决了存在数十年的漕运经费浩大的难题，疏通了淤塞二百多年的河道。

由于杭州市场繁盛，百货杂陈，不少平民向驻防旗兵官员借贷印子钱做经营，由于利上加利盘剥，以致发生军官殴民事件，酿成大狱。康熙帝特旨严诛首恶，民欠债务由旗营将军与浙江巡抚照市息结算，赵士麟感到十分棘手。幸好此时他的继母变卖掉所有房产和田地，自云南来杭州。他便说服母亲，捐出2万两银子，此事感动了债主，纷纷减债，负债被关的庶民得以释放回家。又因杭州房舍密集，常有火灾，赵士麟为此设救火兵200名，相当于如今的消防队。

赵士麟自幼爱读书，长于诗文。他平生自律，特别看重"敬"字，"一言不敬，言便招尤；一事不敬，事便取悔"，故而有了"敬一书院"之名。不料，书院开办的第二年，赵士麟调任江苏巡抚，书院逐渐变得名存实亡，后来成了纪念他的赵公祠。从这个意义上说，他不如阮元，阮元调离浙江后，诂经精舍依然存在了近一百年。

到了晚清，多数百姓已不知赵公祠的由来，还以为是为了祭拜传说中的财神爷赵公明，后来索性把它改成财神庙。如此一来，清朝"杭州四大书院"自然就没有敬一书院的份了。除了诂经精舍，"杭州四大书院"其他三所为万松书院（吴山西南万松岭）、崇文书院（苏堤跨虹桥西侧）、紫阳书院（吴山东麓，紫阳是朱熹的别号）。

1999年，杭州市政府按照清朝书院的格局于原址重建敬一书院,孤山则恢复了往日的清静,只是白堤上游人如织。期待有一天,敬一书院也能重现往昔的风采。毕竟,它有着三百多年的历史。

值得一提的是,有一次我经过杨公堤,发现还有一条赵公堤,自金溪山庄南向西到灵隐路,途经京剧武生盖叫天故居(与盖叫天墓仅隔两公里),与西湖最大的水源金沙港(河)平行。后来我了解到,此赵公非彼赵公,乃宋太祖赵匡胤十世孙赵与𥲤,1220年中进士,官至吏部尚书,知临安十一年之久。淳祐二年(1242),赵知府下令,从原苏堤东浦桥至曲院筑堤,以通灵隐、天竺,"夹岸花柳一如苏堤"。由于苏堤在南宋时被称为"新堤",就把这条新堤称为"小新堤",后人为了纪念赵与𥲤,改称"赵公堤"。

敬一书院,作者摄

楼外楼：
三个外乡人成就了杭州最有名的酒楼

不少来西湖的游客会慕名去往孤山脚下的楼外楼，那可是全杭州乃至东南地区最有名的酒楼。楼外楼的西湖醋鱼、龙井虾仁、干炸响铃、宋嫂鱼羹、叫花童子鸡、西湖莼菜汤等菜肴非常有名。据说1956年，浙江省人民政府认定36道"杭州名菜"，其中10道出自楼外楼菜馆。

南宋诗人林升有一首诗，题目是《题临安邸》：

> 山外青山楼外楼，西湖歌舞几时休。
> 暖风熏得游人醉，直把杭州作汴州。

这首诗写的是南宋京城杭州，诗中的"楼外楼"是该酒楼名字的出处！虽说西湖西边的杭州植物园也有一家酒店叫"山外山"，但知名度不高，大约"山外青山"的想象力不够丰富，至少不如后面三个字"楼外楼"出彩。这可谓是"虚"胜于"实"的又一例证，或者说诠释了"虚实相间"的重要性。

林升是温州平阳（今属苍南）人。虽然温州的文化名人不

在楼外楼中看西湖

少,但古今温州文人的作品中没有比这首诗更出名的了。这首诗常被用来批评南宋朝廷没有接受北宋亡国的惨痛教训而发愤图强,达官显贵一味纵情声色寻欢作乐。

楼外楼于1848年开业,至今已有一百七十余年(比北京全聚德还早十六年),它的创始人叫洪瑞堂,是绍兴的落第文人。自打失去双亲以后,洪氏便携家从东湖迁居西湖,居住在西泠桥畔。他和夫人陶秀英在孤山开了一家小餐馆,开始只是一间平房，恐怕不敢自称"楼外楼"。我猜测，楼外楼最早的食客可能是诂经精舍的先生和学员。

19世纪后期，国学大师俞樾已迁居杭州，他长期执掌诂经精舍，他下榻的俞楼就在楼外楼西侧不远处。相传是俞樾从林升的那首诗中获得启示，便建议邻居洪店主起"楼外楼"这个店名。

洪店主善于经营，做得一手好菜，尤其是湖鲜，毕竟他来自绍兴水乡。加上他善于交际，使得在杭和来杭的文人雅士把来楼外楼小酌作为游湖时的首选，生意日益兴隆，且名声远播。

如此说来，是三个外乡人——温州人林升、绍兴人洪瑞堂、德清人俞樾，成就了今天的楼外楼，这可谓是西湖的又一则佳话。

不知从何时起，酒店从平房变成了楼房，孙中山、章太炎、鲁迅、宋庆龄、孙科、张静江、陈立夫等政界要员、文化名人都曾光临。如今的三层楼房，则是1926年由洪氏传人洪顺森翻造扩建的。

我曾看到过一张黑白老照片，是写《罗生门》的日本作家芥川龙之介在楼外楼门前与别人的合影。那是在1921年3月，他受每日新闻社委派，以海外观察员的身份来到中国，一路游览了上海、杭州、苏州、扬州、南京和芜湖，然后溯江而至汉口，游洞庭，访长沙，经郑州、洛阳、龙门前往北京。7月底，他从朝鲜回国。

芥川龙之介在杭州游览了两天,在回国后发表的《江南游记》中,用整整一章讲述在楼外楼用午餐的情形。同行的日本记者给芥川拍了两张照片,他身后的楼外楼只露出店面一角,可以看见"包办宴席"的广告,这是楼外楼最早的照片。芥川在游记中描述道,楼外楼和西湖只隔一条窄窄的小石子路,楼间搭建了大凉棚,他就坐在凉棚下:"我们的桌子,摆放在枝叶繁茂的槐树下。脚下不远处便是波光粼粼的西湖……"

今日楼外楼,作者摄

西湖边寺庙：
毕竟西湖六月中，
画《清明上河图》的人也画它

我想写写西湖四周的寺庙。

孤山原本有消失了的广化寺和圣因寺，现今西泠印社的柏堂和竹阁曾是广化寺的一部分，而它的前身孤山寺曾出现在白居易的诗句"孤山寺北贾亭西"中。圣因寺的前身是清朝皇帝的行宫，是康熙南巡来杭州时的下榻处，他孙子乾隆南巡时改为圣因寺。19世纪60年代，圣因寺和新行宫皆被拆毁，废墟如今在中山公园内。

除了孤山这两座寺庙以外，北山路上还有招贤寺和玛瑙寺遗址。招贤寺曾由弘一法师的师兄弘伞法师任住持，师兄弟常一起研讨佛学。该寺落败后的残存部分今属新新饭店。玛瑙寺原址在孤山北麓，后迁至连通北山路的葛岭路，如今大殿已毁，尚留山门、厢房以及修复后的亭台楼阁。

再来说说西湖东北角的杭州青少年活动中心，它的前身是昭庆寺，由吴越国第二个君主钱元瓘创建。昭庆寺西接宝石山，南临西湖。南山律宗祖师允智、净土宗祖师省常、天台宗祖师遵式等都曾在此修行。

1926年，西湖边要拓建马路，将环城西路与断桥和白堤相连，便把昭庆寺的前殿天王殿拆了，万善桥和桥下的青莲池也不复存在。三年以后，西湖博览会召开，这里被用作焰火制作点，结果引发了一场大火，后殿被烧毁。抗战时期，杭州沦陷后，昭庆寺曾被日军驻兵用来养马。1963年，少年宫落成，昭庆寺正式废弃，原大雄宝殿成了青少年的联欢厅。

当年，弘一法师曾在《越风》杂志发表了一篇文章：

> 我的住处在钱塘门内，离西湖很近，只有两里路光景。在钱塘门外，靠西湖边，有一所小茶馆，名景春园……在茶馆的附近，就是享有盛名的大寺院——昭庆寺。我吃茶之后，也常到里面去看看。

还有与雷峰塔隔南山路相望的净慈寺，它与灵隐寺、昭庆寺、圣因寺是杭州历史上的"四大丛林"，且有"南山净慈，北山灵隐"的说法，可见其在杭州佛教界的地位。所谓"丛林"，是指寺庙，因佛教寺庙大多依山而建。

净慈寺建于吴越国时期，吴越王钱镠和他的继承者在杭州兴建了150多座寺庙和数十座塔幢。当时的净慈寺包含了雷峰塔，因此也是临西湖的，就像北岸的昭庆寺。民国时期，由于要穿寺而过修建南山路，才将净慈寺一分为二。当时，净慈寺周边还有十几座寺庙，形成了杭州最大的寺庙群。

954年，保俶塔建成六年以后，吴越国王钱弘俶下令为高僧永明禅师修建永明禅院；977年，又在寺内修建雷峰塔，南宋时改称净慈寺，并建造了五百罗汉堂。因净慈寺的钟声洪亮，加上该寺傍依着南屏山，就有了"西湖十景"之一的"南屏晚钟"。

说到五百罗汉，一般指佛祖释迦牟尼去世后第一次结集的五百比丘。听我爸爸说，"五百"这个数在古印度是个虚数，就像汉语里的"成千上万"。可是到了中国，却较真起来。最早造五百罗汉的，是吴越国时期天台山的方广寺，其后便是灵隐寺和净慈寺，再然后才是北京碧云寺、成都宝光寺、苏州西园寺等。

北山路上玛瑙寺遗存，作者摄

历史上，净慈寺最著名的僧人是南宋天台人济公。明代释明河《补续高僧传》中载，济公"饮酒食肉，与市井浮沉。喜打筋斗，不着裈，形媟露，人讪笑之，自视夷然"。净慈寺里有座济祖庙，庙内供奉济公像。寺里还有一口圆照井，传说为重修寺庙，济公从中变出了不少木材。

虽说苏轼常来净慈寺，但"南宋四大家"之一的江西诗人杨万里与净慈寺最有缘分。他中进士后，曾长期在杭州为官，担任过东宫侍读、秘书监等职，活到八十岁。杨万里写的《晓出净慈寺送林子方》（二首其一）将净慈寺与西湖紧密相连（林子方是他的下属兼好友）：

毕竟西湖六月中，风光不与四时同。
接天莲叶无穷碧，映日荷花别样红。

或许可以这么说，这首诗是古人写杭州西湖的佳作第二名，仅次于苏轼的《饮湖上初晴后雨》。

明朝永乐初年，朝廷编修《永乐大典》，净慈寺有两位法师奉诏参加修典。但后来，净慈寺却有一件历史疑案。当年朱棣率靖难军进军南京时，建文帝下落不明。永乐四年（1406），朝廷闻知净慈寺有高僧，再次征其编修《永乐大典》，此僧却悄然隐遁，后人传说是隐匿的建文帝，并有画像为证。此说尚不足信，但杭州名僧溥洽却因此而系狱十五载。

到了清代，西湖边的寺庙备受重视，康熙、乾隆南巡，必遍访寺院。1689年，康熙曾亲临净慈寺。五年后，他御书《金刚经》一卷赐净慈寺。又过了五年，康熙再访净慈寺，并手书"净慈寺"寺额。雍正、乾隆年间，朝廷对净慈寺屡有封赏。乾隆南巡，曾五次临净慈寺，并御赐手书。

其实，早在北宋，包括《清明上河图》作者张择端在内的许多文化名人就从汴梁（今开封）南渡至临安（今杭州）。张择端曾画过一幅《南屏晚钟图》。清朝末年，净慈寺的铜钟在战乱中消失，钟声沉寂。

1958年，哈尔滨出生的歌手崔萍在香港唱响了由陈蝶衣作词、王福龄作曲的《南屏晚钟》，后来被许多人翻唱，成为有关杭州最美最有韵味的歌曲之一：

> 我匆匆地走入森林中
> 森林它一丛丛
> 我找不到他的行踪
> 只看到那树摇风
> ……

1984年秋天，净慈寺在日本佛教界相助下，重铸铜钟。新钟重10吨，外铸6.8万余字的《大乘妙法莲华经》，此乃大乘佛教经典，也是天台宗的主要经典。每敲一下铜钟，余音达两分钟之久。两年以后，中日佛教界四百多人相聚在净慈寺，举行了隆重的大钟落成法会，沉寂百年的南屏晚钟重新在西子湖畔鸣响。

乾隆题写的南屏晚钟石碑，作者摄

逸云寄庐：
首任浙大校长的别墅

别墅

在"平湖秋月"北边的白苏二公祠东边，有一幢漂亮的三层花园别墅，中西合璧、依山傍水，如果从白堤或北山路看过去，更是引人瞩目。这幢楼叫"逸云寄庐"，建于1927年，属于民国时期西湖"十大名庐"之一，其余九座均在北山路或南山路，唯有逸云寄庐在孤山。

逸云寄庐最初的主人叫唐宝泰，广东香山人。他是上海泰来洋行的买办，购置了孤山的这块地皮，建成后称其为"唐庄"。香山是旧地名，包含了今天的中山和珠海两市。那时上海的香山买办中，还有"晚清四大买办"之一、近代工业的奠基人之一唐廷枢（1832—1892）。

令人意外的是，唐庄最初的住户是著名的教育家蒋梦麟先生（1886—1964）。蒋梦麟是余姚蒋村人，原名蒋梦熊。两岁入绍兴中西学堂，蔡元培刚好是监督（校长）。十五岁到杭州学习英文，翌年考入浙江省立高等学堂（前身为求是书院），因闹学潮被列入黑名单，遂改名为梦麟。一年后入上海南洋公学，毕业后留学美国，获哥伦比亚大学哲学及教育学博士学位。出任浙大校长前，他在北大多次担任代理校长。蒋梦麟是北大历史上任职时间最长的校长，历史学家傅斯年认为他的办事能力超过蔡元培。

1927年也是杭州建市之年，蒋先生出任新成立的国立第三中山大学校长，校址设在原求是书院（求是书院几经更名后于1914年停办）所在地，由浙江公立工业专门学校和浙江公立农业专门学校分别改组为工学院和劳农学院，翌年4月易名为浙江大学（蒋梦麟是首任校长），7月更名为国立浙江大学，下设工、农和文理三个学院。蒋先生寓居逸云寄庐期间，常有著名学者和教授来访，可以说逸云寄庐是浙大的会客厅。

1928年8月，蒋奉调至南京，接替蔡元培任国民政府大学院院长，同年10月成立教育部，他成为中华民国首任教育部长。之后两年，蒋梦麟兼任浙大校长，时常返回逸云寄庐小住。

1941年，逸云寄庐被卖给了另一位上海大亨东云龙。东氏本是江苏南通人，凭着跟外国人打交道的能力，从餐馆侍者变成美国轮船公司的中国代理，还拜沪上青帮头目杜月笙为干爹。当看到杜月笙在孤山买了别墅，他便相中了逸云寄庐。正好唐宝泰经济有点拮据，便把寄庐转手卖给他。

抗日战争期间，东云龙流落香港，将逸云寄庐委托给一个西湖划船人照看。直到1953年，它才被政府接管。如今它是浙江省老干部活动中心活动室，门前的匾额"明鉴楼"由著名书法家、西泠印社第四任社长沙孟海先生题写。

20世纪40年代,蒋梦麟就用英文撰写了回忆录《西潮》,他又亲自将其译成中文,书中这样写道:

  鱼儿戏水,倦鸟归巢,暮霭像一层轻纱,慢慢地笼罩了湖滨山麓的丛林别墅。只有缕缕炊烟飘散在夜空。我感到无比的宁静。时代虽然进步了,西湖却妩媚依旧。

2012年,蒋梦麟先生的老家余姚市黄家埠镇正式开放蒋梦麟故居。2016年秋天,梦麟小学和梦麟中学在余姚市开发区建成并开始招生。

逸云寄庐远眺,作者摄

杜庄：
另一位浙大校长的住所

上海青帮头目杜月笙在孤山有一幢别墅，如今这幢别墅成了中国印学博物馆。这是一幢两层楼房，砖木结构，位于孤山后麓。一楼的"历代玺印厅"浓缩了三千年的印学历史，二楼的"流派印章厅"汇集了诸如"西泠八家"、皖派"晚清六家"等流派的印家作品。此外，还有"印材厅""印学厅""西泠印社社史厅"。

杜月笙是江苏川沙（今上海浦东新区）人，自幼父母双亡，先后由继母和舅父抚养，十四岁时入上海青帮，跟随青帮头目黄金荣，后来成了商业界的传奇大亨。1932年夏，杜月笙在德清莫干山避暑时遇到了《申报》老板史量才，得知后者在杭州北山路建别墅（秋水山庄），便委托史量才在西湖寻找合适的房子。

不久，杜月笙相中了西泠桥畔的一幢别墅，以其舞女出身的二太太陈帼英的名义买下后重新加以修建。门窗用材很考究，走廊和大厅很宽敞。刚好原主人也姓杜，故名"杜庄"，还起了一个雅号"寂庵"。

之后杜月笙便经常住在杜庄，还从上海运来大批家具和生活用品，把庄园布置得非常豪华，并当作贵宾接待室，甚至派沪上的中西餐大厨来为贵客服务。长此以往，杜庄越来越热闹，已不是当初的寂庵了。

直到中华人民共和国成立前夕，在谢绝了蒋介石的邀请之后，杜月笙偕同太太姚玉兰、准太太孟小冬移居香港，这两人都是京剧名优，曾结金兰之好。孟小冬先前曾嫁给梅兰芳，电影《梅兰芳》中的孟小冬是由章子怡扮演的。

杜庄被收回国有以后，中华人民共和国浙江省第二任省长沙文汉（1908—1964）曾在此居住，他是著名书法家、西泠印社第四任社长沙孟海的胞弟。不用说，这位沙省长也是书香门第出身，任省长之前担任过浙江大学校长（1952—1953）。他的夫人陈修良曾任上海组织部副部长。夫妻俩在白区工作多年，其间沙文汉曾被派往莫斯科列宁学院学习，后又流亡东京，入读日本铁道学院，故而会说俄语和日语。

定居孤山杜庄后，沙文汉常与大哥沙孟海一起探讨诗词、书法、元曲和佛经。不料到了1957年，夫妻俩双双被打成"右派"，受尽了折磨。1964年，沙文汉含冤去世，陈修良则活到了九十二岁高龄。

1999年，经过修缮，杜庄成为中国第一座印学博物馆，成为继中国丝绸博物馆、中国茶叶博物馆之后又一座体现杭州文化特征的博物馆。正大门有一座4.2米高的汉白玉龙钮巨印，边款"中国印学博物馆"由西泠印社第五任社长赵朴初先生题字。

细心的游客还会注意到,印学博物馆门口有一块并不显眼的石碑,上面刻着"杜月笙旧居"的字样。至于原主人杜老板和过往的住户省长沙文汉,就没有任何痕迹了。孤山另一头的逸云寄庐曾经是蒋梦麟先生的故居,所以,说起来浙江大学有两任校长曾在孤山居住。

中国印学博物馆,作者摄

秋水山庄：
史太太捐建了浙大最美的楼

新新饭店西侧的秋水山庄，是一幢典型的江南庭院式两层楼房，依山傍湖，周围有庭院，门口有铁门。小时候我曾随大人进去参观，对古朴的家具和华丽的灯饰留有印象。

史量才出生于江宁（今南京），1899年考中秀才。1901年，他考入杭州蚕学馆（今浙江理工大学），这是创办求是书院的杭州知府林启创建的另一所学校。史量才很能干，1904年毕业当年，二十五岁的他便在上海创办了女子蚕桑学校。与此同时，史量才娶了一位太太帮助他一起管理学校。女子蚕桑学校后来搬到苏州，它是苏州丝绸工学院的前身，如今是苏州大学的组成部分。

秋水原名沈慧芝，曾是晚清上海滩的一名雏妓，美丽且善解人意。某个贝勒看上了她，待她成年以后，用重金买走，带到京城。不久贝勒病故，慧芝偷偷逃回上海。她回来后，直接去了以前的闺蜜家中。闺蜜见到她很激动，邀几个朋友为她接风，其中就有史量才。慧芝当时随身带着不少财物，史量才就坐在她旁边，吃完饭以后，她把财物交给他保管，便和其他人出去玩了。慧芝等人回来已是深夜，见史量才还在那里看管等候，慧芝很是感动。

之后，两人交往甚密，慧芝擅长弹琴，史量才成了她的知音，并为她改名秋水。不久，秋水就成了史量才的二太太，并把所有的财产都给了他。1912年，史量才与实业家张謇等人合伙，出资购得《申报》产权，史量才担任总经理。"申"和"沪"都是上海的简称，《申报》由英国人美查等创办于1872年，是中国历史最悠久的报纸。

四年后，史量才收购了合伙人的股权，独家经营《申报》。史量才接管《申报》后，敢于针砭时弊，揭露当局的黑暗面（也可能因此埋下祸根），声名鹊起，发行量和广告剧增。1922年，英国《泰晤士报》的老板北岩勋爵来中国，称赞《申报》是中国的《泰晤士报》。之后，史量才又买下《时事新报》的全部产权和《新闻报》的大部分股权，成了上海报业巨子。

1934年秋天，史量才因胃病复发，来杭州秋水山庄疗养了一段时间。11月13日，史量才与秋水、儿子史咏赓、儿子的同学邓祖询、秋水的侄女兼养女沈丽娟乘私家车从杭州回上海。他们刚刚进入嘉兴海宁境内，便遭遇埋伏，一辆汽车横向拦住去路，杀手拔枪便射，司机和坐在前排的邓祖询当场丧命，剩下四人分头逃窜，五十五岁的史量才拼命跑到附近的翁家村，躲进了一口干枯的池塘。原本他可以逃过一劫，不料却被村里一个傻子看见，傻子站在池塘边痴痴地发笑，史量才因此被发现并惨遭杀害。

这桩凶杀案始终未破。秋水悲痛欲绝,秋水山庄成为她的伤心地。她含泪将一起生活了二十三年的史量才安葬在吉庆山马坡岭后,将山庄捐给了慈善机构。之后,秋水山庄变为杭州妇孺医院。秋水离开史家,独自留在杭州,她吃斋念佛,不再会客,以度余年。翌年,史量才的大太太与儿子遵照史量才生前的愿望,向之江大学捐建了经济学馆,于1936年落成,因为

秋水山庄,作者摄

顶上有个报时的机械钟，又称钟楼，成为之江大学的标志性建筑。

1956年，沈秋水在杭州过世，她被安葬在南山公墓，墓碑上写着"秋水居士之墓"。此前四年，即1952年，之江大学和燕京大学等13所教会大学被遣散。后来，包括钟楼在内的之江大学校园成为浙江大学之江校区。与此同时，杭州妇孺医院变成了工人疗养院。1963年，疗养院又成为新新饭店的一部分。

如今，古色古香的之江校区是浙江大学光华法学院所在地，是国家重点文物保护单位，也是电影导演喜欢的取景地，包括冯小刚的《唐山大地震》在内的多部影片在此取景。西湖边有许多旧日达官贵人的别墅，秋水山庄因为以一个命运多舛的红颜女子的名字命名而格外令人瞩目。

抱青别墅：
西湖边最美的建筑

在秋水山庄东边，去往断桥的路上有一幢青色和朱红色交织的欧式建筑——抱青别墅。这幢洋楼面向西湖，最近处离湖水约10米，外形和色泽都很引人瞩目。它是典型的巴洛克建筑。门窗是弧形的，立面凹凸。每层都有八根方形的立柱，侧面的墙壁上有一块牌匾，上书此楼为清末民初湖州南浔富商邢赓星所建。

邢赓星是何许人呢？他乃湖州南浔"八牛"之首。晚清时期的南浔是浙江最富有的城镇之一，盛产富豪，有"四象八牛七十二条金狗"的说法。湖州是丝绸之府，这些商人大多是靠丝绸产业起家的。有趣的是，南浔人用不同体形的动物来给富商们分级。财产1000万两白银以上的被称为"象"，500万至1000万两的被称为"牛"，100万至500万两的被称为"狗"。

不仅如此，"四象"还分别有"刘家的银子""张家的才子""顾家的房子""庞家的面子"之称。其中张家有近代著名政治家张静江，他与孙中山的关系非同一般，在任浙江省政府主席期间，还成功操办了首届西湖博览会。

邢赓星生于1790年，死于1861年，而抱青别墅始建于1907年，那时邢赓星已去世四十余年，因此不会是他建的。进一步查找，我发现这幢别墅是他的孙子邢鼎丞所建，为了纪念爷爷，遂以爷爷的别号"抱青"命名。仔细想想，邢赓星是第一代商人，必定俭朴持家，也没有留过洋，不可能选择欧式风格的建筑，而到他孙子辈，算是"富三代"了，喜欢欧式风格是很自然的。

邢鼎丞当年是上海滩赫赫有名的地产大亨，他选择在西子湖畔购地建房。不过后来因为种种原因，他很少住在这里，别墅经常闲置着。

1929年，首届西湖博览会要召开了，抱青别墅终于派上了大用场。博览会主办人张静江是南浔人，他既开口，邢鼎丞作为老乡，自然乐意把空置的别墅出借，于是它成了博览会工业馆区的第四分馆，主要用来展示玩具、伞、扇子等小物件。博览会结束后，北山街一带"身价飞涨"，慢慢地变成了一条知名的休闲观光街。

20世纪30年代，邢鼎丞把抱青别墅租给老同学（一说是设计师）于少甫，后者挂出"葛岭中西大饭店"的招牌。说到葛岭，它是宝石山的一部分，就像岳庙背靠的栖霞岭一样。葛岭饭店主打中西餐和洋酒，得天独厚的地理位置，让游人乘兴而来，尽兴而归。尤其是在节假日，入住率很高。

为了更好地经营，饭店扩大了规模。于少甫在原有的基础

抱青别墅

上，加盖了左右两幢三层楼房。从外观上看，新建的两幢楼房与抱青别墅很不搭配，可以说有些怪异。2004年这两幢楼房被拆除，恢复了当年的原貌。

1949年初，国民党宣传部长张道藩和名画家徐悲鸿的前妻蒋碧薇入住此地。张蒋有一段传奇的爱情故事。张道藩出生于贵州盘县的书香门第，其祖上多人考中进士。1921年，张道藩赴伦敦大学学习美术，在中国驻德国公使于巴黎举办的酒会上结识了蒋碧薇。早年她和宜兴同乡徐悲鸿私奔日本，轰动一时。那会儿，两口子正在法国留学。

初次见面，张道藩就被蒋碧薇的淑女形象吸引住了，恰好那会儿蒋碧薇和徐悲鸿的关系时好时坏。张道藩乘机关心蒋碧薇，在她孤单的时候陪伴她。可是，无论张多么殷勤，蒋碧薇只爱徐悲鸿。无奈之下，张道藩娶了一位法国女孩苏珊，并领养了一个女儿。

1930年，徐悲鸿任教中央大学艺术系时，与一个叫孙多慈的学生发生了恋情。抗战全面爆发后，徐悲鸿去桂林教书，蒋碧薇留在重庆照顾两个孩子。徐悲鸿为了取得孙多慈父母的谅解，竟然在报上发表声明与蒋碧薇脱离夫妻关系，蒋碧薇深受伤害。

张道藩又一次及时出现，他对蒋碧薇关怀备至，这次他没有被拒绝。由于孙多慈家境显赫（祖父是晚清重臣，一手创办了北京大学前身京师大学堂），徐悲鸿最后仍未能与她走到一起。之后，他希望与蒋碧薇再续前缘，她不答应，两人最终在1945年正式离婚。1949年，张道藩和蒋碧薇在抱青别墅住了好几个月，这是他们第一次公开同居。

值得一提的是，当我爸爸得知此事，他跟我说，终于找到母校山东大学与西湖的一丝联系。早在1930年，三十四岁的张道藩曾受聘为国立青岛大学（山东大学前身）首任教务长，为学校的创建筹集了重要的经费。不过半年以后，他便调任浙江省教育厅长，来到了西子湖畔。张道藩有文集、书画集等行世，还曾与徐悲鸿联办过画展。

晚年，张道藩在台湾回忆道："葛岭下的那段岁月，是我一生最惬意的时光。"在张道藩去世之后，蒋碧薇也出版了回忆录，上、下部分别是《我与悲鸿》《我与道藩》。

中华人民共和国成立后，抱青别墅曾被用作民居，现为杭州国画艺术展示中心。而对新人们来说，这里则是一处浪漫的婚纱照取景地。

刘庄：
《中华人民共和国宪法》和
《中美联合公报》起草地

西湖四大名庄，排名第一的是刘庄。刘庄在西湖西面，三面环湖，可近观苏堤，远眺雷峰塔和保俶塔。它本身的形状近似于扇形，接近四分之一个圆。旁边还有一座丁家山，难怪苏堤上离刘庄最近的桥叫望山桥。

刘庄位于杨公堤18号，又名水竹居，有三个门。主门前一块巨大的石碑上写着"西湖国宾馆"五个大字，往里走还有牌坊。

刘庄占地500多亩，几乎相当于孤山和花港的总和。刘庄有"庭院十景"，如同"西湖十景"，每处景点名字由四个字组成。刘庄原来的主人叫刘学询。

刘学询（1855—1935），广东中山人，祖上经商，他二十四岁中举。三十一岁考中进士，返程途中经过杭州，游览西湖后，感叹："故乡无此好湖山！"他徒步经过西山路（今杨公堤），看到卧龙桥边的宋庄（今名郭庄），觉得很漂亮，想进去参观，不料却被婉言谢绝。

刘学询很不服气,发誓一定要在西湖建一个比宋庄大得多的庄园。1886年,他考中进士,后来仕途不顺,就试着做生意,没想到竟成了商界奇才,尤其是博彩业让他发了大财。此外,他还在上海开设了钱庄、水厂和饭店。

1898年,四十四岁的刘学询再次来到杭州。他以每亩200银元的高价买下了西湖西岸的这片土地,再用整整八年的时间,完成了建设,把邻近的宋庄彻底比了下去。可以说,没有宋庄就没有刘庄。之后,刘学询把老家的名贵花木也运了过来,给建好的水竹居增添了绿色和岭南风情。

1935年,刘学询在刘庄去世,享年八十一岁,因刘庄属于西湖风景名胜区,实行新政的杭州市长不同意下葬。最后,家人把刘学询葬在西湖西边一个偏远的山坳里。

1953年,刘家把刘庄上交给国家。同年12月,毛泽东抵达杭州,住在刘庄,并在刘庄召集专家小组会,起草了新中国第一部宪法。

次年春天,《中华人民共和国宪法》初稿在刘庄诞生。据说新中国成立后毛泽东曾53次来浙江,在浙江度过了785天,多数时间住在刘庄。

1954年,刘庄改建为国宾馆,经著名园林学家戴念慈重新设计,进行了大规模的重建。

1972年,美国总统尼克松首次访华,由周恩来总理和外交部副部长乔冠华陪同,从北京来到杭州。尼克松一行下榻刘庄。

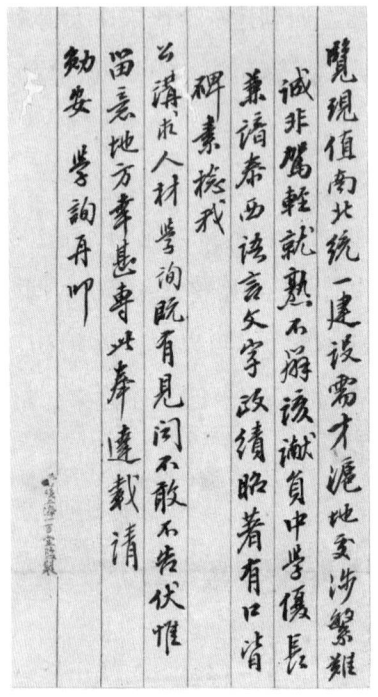

刘学询致信孙中山

中美双方反复磋商,在刘庄的八角亭作《中美联合公报》文本的最后商定。

70年代后期,刘庄和西湖南岸的汪庄被陆续改建成对外开放的宾馆。现在的西湖国宾馆由刘庄、韩庄、杨庄、康庄(由康有为所建)和范庄五庄合并而成,共有7幢楼房,170多间客房和套房。

2002年,刘学询儿子、七十二岁的刘启言回到杭州。重游故地,他发现一切都变了,唯有一座假山旁还留着当年吴昌硕题写的"檀叶",以及丁家山东麓康有为题写的"蕉石鸣琴"。刘启言感慨万分,写下一首诗,名为《题水竹居之望山楼旧居》,其中两句是这样的:

忆昔居止望山楼,少年白马衣轻裘。
秋山一抹如淡黛,春堤十里足俊眸。

郭庄：
西湖名园，有晋商格调，
筑路的是川渝人

当初刘庄的主人在游览西湖时听闻宋庄（今名郭庄）大气漂亮，想进去瞧瞧，却因身份卑微遇阻，很不服气。待他攒够了积蓄，再回到杭州，便建了刘庄。也就是说，没有宋庄，就不会有刘庄。

郭庄也在杨公堤，就在刘庄北面不远处。说到杨公堤，它以明朝两任杭州知府杨孟瑛（重庆人，比白居易、苏轼在杭时间都长）命名，当年他带领民众疏通淤泥，筑成堤岸，从栖霞岭绕过丁家山，直到南山，才有了杨公堤的前身西山路。

郭庄三面环水，呈长方形，占地约15亩。郭庄的大门是月洞门形的，与西泠印社的圆拱门有些相似，站在门口，可清晰地看见一扇石门上写有"汾阳别墅"四字。进入庄内，有阁楼、亭子、假山等。景苏阁（数学家苏步青题写匾额）面朝苏堤的压堤桥，伫立在水中，可观西湖景色。

西边是浣藻亭，是八角攒尖的顶木结构，旁边是浣池。浣池旁边，还有一个凝香亭，是六边形的。庄园中部有个两宜轩，形状类似长廊，与池中的假山相接，也与南岸的香雪分春堂成对景，两宜轩的名字取意于苏东坡的名句"淡妆浓抹总相宜"。

郭庄被誉为"西湖古典园林之冠"，是杭州现存下来的唯一完整的私家园林（刘庄早已成为西湖国宾馆的一部分）。"不游郭庄，未到西湖"（陈从周语）。那庄园的主人是何人？为何又叫汾阳别墅呢？

郭庄原名端友别墅，建于1907年，最初的主人叫宋端甫，是杭州宋春源绸庄的老板，因此庄园旧称宋庄。宋端甫一生未婚，宋庄是他修养身心之地，不常光顾。宋端甫得知旁边的高庄（今红栎山庄）养了很多仙鹤，便在宋庄养了孔雀。

到了民国，宋家败落了，庄园被抵押给清河坊萧山人开的孔凤春香粉店。1922年，山西汾阳商人郭士林从萧山人那里买下了庄园，成为第二任园主，并在门上题额"汾阳别墅"。郭士林是唐代名将郭子仪的后人，他新造了一座两层楼房，还在东侧沿湖处建了一座贮水塔。为了出入方便，他在景苏阁的正前方，开辟了一个水门。

1927年，刘庄主人刘学询的老乡康有为去世了，原本相邻的康庄被并入刘庄，康有为的第六任夫人张光没了依靠。郭士林念及与老邻居康有为的旧交情，便将康夫人安顿在郭庄，直到她去世。抗战胜利后，郭庄一度是国立艺专（今中国美术学院）的教师宿舍。

1949年以前，郭士林把郭庄转给了兴业银行行长嵊县（今嵊州市)人竹森生。竹森生原本打算在此安度晚年,但又怕战乱,便将郭庄无偿赠给斐章女中,自己去了香港。郭庄因此变成斐章女中宿舍,这所中学后来并入丰子恺、潘天寿创办的明远中学(浙江大学附属中学前身),校址仍设在郭庄,故而郭庄曾经是浙大附中的地盘。

再后来,浙大附中迁至曙光路。1956年,郭庄遂成为西湖区公安局、检察院、法院办公用房及区公检法系统和人武部的家属宿舍。改革开放以后,著名园林建筑学家、同济大学教授陈从周多次来郭庄调研,他认为郭庄不仅有苏州园林的建筑风格,还夹带绍兴特色,却只剩下断壁残垣,他为郭庄"喊冤"。

郭庄景色,作者摄

1981年，杭州市园林文物局开始着手修复郭庄内的建筑，用了十年时间才竣工。修复后的郭庄，将江南私家园林的美结合在一起，成了艺术品。值得一提的是，陈从周教授是地地道道的杭州人，毕业于之江大学中文系，并曾任教于母校的建筑系，后来因为之江大学解散，他才到了上海。郭庄得以修复，是他送给故乡的一个礼物。

郭庄浣藻亭，作者摄

华严经塔：
孤山绝佳处，一座隐秘的佛塔

印社

西湖边有两座千年古塔，一座是北岸宝石山上的保俶塔，另一座是南岸夕照山上的雷峰塔。游人不太知晓的是，在孤山上也有一座20多米高的11层石塔，它名叫华严经塔，是西泠印社的标志性建筑。华严经塔隐于周边同样高大的树木中，且比较瘦小，故而不大容易被人看见。

从孤山路进入西泠印社，沿着前山石坊的台阶往上走，穿过鸿雪径，就到达印社的最高处，正中立着印社的最高建筑——华严经塔。此处原为古四照阁旧址，古四照阁后来被西泠印社同人迁置于凉堂上层。华严经塔建于1924年，那一年刚巧雷峰塔倒塌了。这座塔小巧玲珑，颇为精致。

顾名思义，华严经塔是为了佛教经典《华严经》而建。"华严"在古印度梵文里的意思是"饰物或花环"，《华严经》论述大乘佛教的教义，有汉、藏两种译本。魏晋南北朝时期，中国首创了以《华严经》为所依的华严宗，认为万物是一个和谐的整体，唐时传入日本。

华严经塔的底层比较高，刻着《华严经》全文。上面两层刻的是"扬州八怪"之一、清代书画家、杭州人金农（1687—1763）书写的另一部佛教名著《金刚经》，它与《华严经》同为大乘佛教的经典著作。再上面八层雕刻着各种佛像。基座边缘刻有十八罗汉像和佛塔捐资者的名字，不过站在地上是很难看清的。

塔底的"华严经"和"功德林"几个字是由海宁书法家周承德所书，他曾留学日本早稻田大学攻读博物科，回国后任教于求是书院，是西泠印社早期社员之一。另外，塔底还有弘一法师书写的《西泠华严经塔写经题偈》。据说发起建塔者是弘一法师的师兄、北山路上招贤寺曾经的住持弘伞法师。弘伞法师是安徽宿州人，后来去了云南并在那里圆寂。

招贤寺的残留建筑如今是新新饭店的一部分，当年弘一法师有时也住在师兄寺中。后来他曾让其弟子到弘伞法师那里深造，可见弘伞法师佛学造诣之深。据说有段时间，师兄

杭州华严经塔

弟俩决心整理唐朝的《华严经疏注》，为此弘一法师甚至将得意弟子丰子恺也一并拒之门外。《华严经疏注》是一部重要的宗教哲学著作，作者是唐代高僧、山阴（今绍兴）人澄观法师（738—839），这部著作是他在山西清凉山（即五台山）大华严寺任住持时撰写的。

随着岁月的流逝，华严经塔这座看似与西泠印社宗旨无关的佛教建筑，已成为印社的标志性建筑，成为印社的一部分。

鸿雪径：
除了断桥残雪，西湖还有它

西泠印社坐落于美丽的孤山西侧，东邻楼外楼，西接西泠桥。印社的建筑呈立体结构，分上中下三层，上一篇讲到最高层是华严经塔，而中间层是富有诗意的小道——鸿雪径，它是通往华严经塔的捷径。鸿雪径修筑于1913年，小巧精致，依山而建，造型略呈"之"字形，棚上爬满紫藤。

1913年的鸿雪径，只有一个牌坊式山门和小段的栏杆，栏杆由细小的杉木和竹子搭建，有些简陋。1983年改木结构为混凝土结构，为方便年长者，右设栏杆，南面棚顶有"鸿雪径"三个蓝字，楷书，无书者名。如今的鸿雪径，路还是那条路，山门、棚架、栏杆，勾勒出一条幽静的小径。

"鸿雪径"这一雅致的路名出自大诗人苏东坡写给弟弟苏辙的一首七言律诗：

　　和子由渑池怀旧（节选）
　　人生到处知何似，应似飞鸿踏雪泥。
　　泥上偶然留指爪，鸿飞那复计东西。

鸿雪径

　　渑池在河南，是新石器时代仰韶文化的发现地。1061年冬，苏辙送苏轼至郑州，分手回京，作诗《怀渑池寄子瞻兄》寄给苏轼，而上面这首是苏轼的和作。苏辙年轻时，曾与苏轼赴京应试，路经渑池，同住县中僧舍，同于壁上题诗。如今苏轼赴陕西凤翔做官，又要经过渑池，因而作《和子由渑池怀旧》。

　　"雪泥鸿爪"意为往事留下的痕迹，像鸿雁在雪地留下的爪印。此句是苏轼由苏辙原作中提到的"雪泥"引发出的感慨，被后人当作精警的譬喻，印社同人非常欣赏东坡先生的文采，以及他既深究人生底蕴又乐观向上的人生观，遂决定用"雪泥鸿爪"来表达追求篆刻艺术的心境。

白雪皑皑时，雪花一片片地落在小径上，鸿雪径别有一番风趣。与万众瞩目的断桥残雪相比，此处曲径通幽。当年苏轼担任杭州知州时，常造访孤山，他或许来过这里。

鸿雪径与弘一法师也有不一般的渊源。那是在1918年，弘一法师还叫李叔同。那年夏天，他选择去虎跑寺出家，舆论哗然，作家林语堂评价李叔同"抛弃了这个时代，跳到红尘之外去了"。

正式出家前，李叔同把诗词、书法卷轴送给了莫逆之交夏丏尊，将音乐、绘画、戏剧手稿留给弟子丰子恺、刘质平等，将油画作品赠给了国立北京美术专门学校，将93枚自用印章捐献给了西泠印社。他委托好友、印社创始人之一叶为铭先生选址，经过一番讨论，印社最终决定，把这93枚印章藏在鸿雪径的一侧石壁上。

今天的游人依然能看到石壁间镶嵌着的一块高9寸、宽1尺的太湖石，上有用小篆阴文刻的"印藏"两字，旁边写有六行隶书，大意是社员李叔同将为出家人，特将诸古印章移交印社，凿壁收藏，与湖山为邻。此处已成为印友摄影留念的最佳处，诸多宝贵的印章也是西泠印社能获得"天下第一名社"美誉的重要因素。

许多人把这件事解读为，这是一位艺术大家的奉献。还有一种说法或许更为准确，那就是李叔同要与尘世断绝，用了捐赠这一具有仪式感的方式。赠印之事，在李叔同身上，有着深刻的人生暗示，这是他对人生轨迹的修正，也是与艺术的了断，从此斩断人生的烦恼、忧苦、情思，如抽刀断水，是为弘一。

李叔同为何要把珍贵的印章送给西泠印社而不是留给自己创办的乐石社呢？或许作为西泠印社的早期社员之一，他由衷地喜爱印社，同时希望印社有更好的前景。1963年，印社成立六十周年前夕，同人担心印藏壁龛会有破损，特地将印章取出，送到杭州市相关部门珍藏。

鸿雪径留下了一代又一代印社人的足迹，它珍藏了弘一法师对印社的厚爱，是印社最值得探访的纪念地之一。与此同时，它也见证了印社走过的岁月，还将伴随印社走向未来。

印藏石刻，作者摄

193

竹阁：
白居易曾宿眠于此

在柏堂的西面，有一间小巧精致的小屋。此屋如今是西泠印社的展示场所之一，名为竹阁，与柏堂一样，均为印社中以植物命名的建筑。一千多年前，这个小屋里，发生过一些趣事。

竹阁建于唐朝。据明代田汝成撰写的《西湖游览志》记述："竹阁，旧在孤山寺中，白乐天所作，杭人因以祀公。"又据清代翟灏、翟瀚兄弟的《湖山便览》载："竹阁，旧在柏堂之南。白乐天在郡出游，每偃息其间。"白乐天即为白居易，《西湖游览志》说的是竹阁为白居易所筑，《湖山便览》说的是竹阁为白居易游湖时休息的地方。

  晚坐松檐下，宵眠竹阁间。
  清虚当服药，幽独抵归山。
  巧未能胜拙，忙应不及闲。
  无劳别修道，即此是玄关。

这首《宿竹阁》为白居易任杭州刺史时所作，诗中写的是他夜宿西湖孤山竹阁的感受。诗人觉得无须到别处去修道，这里就是个清净的世界，在此可以拂去尘间烦恼，修得清心。

人们不禁要问，白居易担任刺史怎能如此悠闲，甚至建竹阁用于出游时休息。实则不然，白居易于822年被下放来杭州任刺史时，已历经半生的仕途浮沉颠簸，他深感治理一州责任重大，因此很是体恤庶民。他在杭虽只有二十个月，却疏浚李泌所凿六井，治理西湖，并为杭州和西湖留下了大量的诗文。

说一说白居易治理西湖的故事。在白居易之前，杭州农用和民用的水源都依赖西湖，但西湖没有得到根本的治理，遇到干旱，西湖水浅，缺水灌田，每逢大雨，湖水泛滥。白居易对西湖进行了根本的治理，他在湖东北岸一带筑成一道大堤，有效地蓄水泄洪，这项造福子孙的工程在他离任前两个月完成。

白居易修建的大堤，不仅是一座水利设施，而且还是当时杭州一条热闹繁荣的交通要道，人称"白公堤"，这个名字表达了杭州百姓对他的爱戴。不过，此"白公堤"并非现在的白堤，它早已消失。后来，人们以白堤为白公堤的替身，寄托对白居易的爱戴和怀念之情。

而竹阁，则是白居易率民众治理西湖时所筑，是让年长的白居易率众治湖疲惫时休憩用的。不过也有一种说法，竹阁系白居易为鸟窠禅师所建。鸟窠禅师俗姓潘，名道林，富阳人，九岁出家，居会稽山脉之秦望山。白居易为了就近请教，就在孤山建了竹阁，迎鸟窠禅师居于阁中。

竹子四季常青，代表着顽强的生命。竹子弯而不折，是柔中有刚的植物，也代表白居易做人的原则。竹子的正直清高，代表了文人的精神追求。白居易酷爱竹子，照应了他内心的信仰与追求。白居易去世后，百姓为了纪念他，便在竹阁挂起他的肖像。在靠近"平湖秋月"的白苏二公祠未建成之前，这里是杭州人最早用来纪念白居易的地方。

两个多世纪以后，另一位大诗人苏东坡两次来杭，前后相加在杭有五年时间，分别任通判和知州。苏东坡充分施展了才能，在赈灾救荒、设置安乐坊、治理六井、浚湖筑堤等方面取得了千古传颂的佳绩，同时也为西湖留下了许多脍炙人口的诗文。与白居易的白公堤一样，杭州人民以苏堤的命名来纪念他，并且在竹阁增挂了他的像。

苏东坡非常仰慕白居易，他常在闲暇时来竹阁转悠，还两次为竹阁作诗，其中一首便是著名的《孤山二咏·竹阁》。

海山兜率两茫然，古寺无人竹满轩。
白鹤不留归后语，苍龙犹是种时孙。
两丛恰似萧郎笔，十亩空怀渭上村。
欲把新诗问遗像，病维摩诘更无言。

另一首诗则是在熙宁七年（1074），苏东坡已奉调至密州任太守时所作。有一日，他想起挂有白居易遗像的孤山竹阁，便又写了一首《和张子野见寄三绝句》其三《竹阁见忆》：

> 柏堂南畔竹如云，此阁何人是主人。
> 但遣先生披鹤氅，不须更画乐天真。

两首诗充满了苏东坡对竹阁的怀念和对白居易的仰慕之情。两位大诗人虽然所处的年代不同，但诗心却是相通的。

竹阁后来的命运与柏堂一样，毁于战火。清光绪二年（1876），丁氏兄弟复建柏堂的同时也复建了竹阁，并把它移到柏堂西侧，重新挂起白居易的肖像，还在阁楼周围种了诗人喜欢的竹子。

重建之后的竹阁，显得更有味道。如今的竹阁是一座坐北朝南、面阔三间、进深三间的清式建筑。门上匾额"竹阁"由书画家、吴昌硕先生弟子诸乐三先生所书（超山吴先生之墓碑也由诸先生题写），两旁楹联"以文会友，与古为徒"是由吴先生另一位弟子丁上左撰，已故副社长王个簃先生以行书书写的。

写到这里，我要提一下小莲池。小莲池又名小方壶，位于柏堂南面，竹阁的东南面。据说白居易家中有池塘，可泛舟，亦可宴请宾客。白居易嗜酒，因此小舟旁边吊了许多酒壶，随船而行。看来诗人的生活很有情调。丁氏兄弟寓其意，见柏堂南面有一空地，便在此挖了一个池塘，还在池前立了一座假山，请老社员李伏雨书写了"莲泉"二字。

小莲池虽不能饮酒泛舟，但能种荷花、养红鲤，别有一番趣味。由此也可见，丁氏兄弟对白居易非常崇敬。有了小莲池后，仿佛可以看见白居易在池边漫步的景象，给印社这片富有文化底蕴的地方又增添了几分光彩。

竹阁，作者摄

柏堂：
苏东坡作诗之处今何在？

孤山二咏·柏堂

道人手种几生前，鹤骨龙筋尚宛然。

双干一先神物化，九朝三见太平年。

忽惊华构依岩出，乞与佳名到处传。

此柏未枯君记取，灰心聊伴小乘禅。

从西泠印社的圆洞门朝里看，最引人瞩目的想必是正中间的那座歇山顶平房建筑。它古朴庄重又不失典雅，门楣匾额上赫然刻着"西泠印社"四个大字，艳阳下、风雨里，岿然不动。它便是西泠印社的社史厅——柏堂，一个自一代文豪苏东坡起被历代诗人题颂的对象。它的故事，说来话长。

柏堂，始建于宋代，是西泠印社最古老的建筑之一，位于竹阁东、莲池北。《孤山二咏·柏堂》为苏东坡任杭州通判时所作，说的是柏堂的成因、筑造和位置。这是一个传奇。陈文帝天嘉二年（561），寺内栽下两棵桧柏，到了宋代，孤山寺已改名广化寺，寺内还存有一棵桧柏，挺拔茂盛，人称陈朝柏。另一棵则渐渐枯萎了，被人们砍了枝丫做柴火，但是它的树干却屹立不倒。

据说，有一个无名氏少年时来孤山就见它枯死了，但是年年见它枯而不朽，年迈时他击打树干，闻声若金石，坚硬异常，便把这个奇景四处传扬。到了北宋神宗时期，孤山寺的方丈志铨便在枯柏旁筑室作祀，将它取名为"柏堂"，并邀好友苏东坡作诗以记。苏东坡感慨于枯柏的风骨，欣然提笔，写下"双干一先神物化，九朝三见太平年"这副对联，对联被悬挂在柏堂。

到了南宋，孝宗听闻此事，御书苏东坡这首诗，并刻碑立在柏堂前的一个小亭内。时光静静流淌，柏堂的神话一直传扬着。不幸的是，1861年，孤山上的柏堂连同那棵传奇的古柏在战火中被焚毁。1876年，清末藏书家丁申、丁丙兄弟商议，决定在孤山南麓捐资复建柏堂。

关于丁氏兄弟，最被人熟知的想必是他们历尽艰辛，悉心收罗和修复因战乱散失的文澜阁藏书。而柏堂，是他们在孤山捐建的第一座建筑。柏堂复建之后，其作用也发生了变化。1904年秋天，西泠印社成立，庆祝典礼就是在柏堂举行的。可以说，柏堂是印社的诞生地，也是印社最有纪念意义的场所之一。

除此之外，丁家还常在此招待宴请来西湖游玩的客人，这是因为边上有楼外楼，招待客人方便。众所周知，楼外楼的东坡肉、西湖醋鱼等声名远播。久而久之，这里常常聚集起喜欢诗、书、画、印的朋友，他们来此交流艺术、品味美食。1905年，马一浮先生曾借居此地，阅读文澜阁《四库全书》。

现在的柏堂是西泠印社的重要窗口之一。堂前那棵柏树是1983年西泠印社八十周年纪念大会时补种的，只是它不像剑桥大学三一学院门前那棵从牛顿故乡移植来的苹果树那样被世人关注和膜拜。

柏堂大门门楣上挂有首任社长吴昌硕所题隶书匾额"西泠印社"，旁边的对联由胡宗成撰写、沙孟海所书。室内陈设按江南厅堂布置，家具多为仿明式，配以木刻对联、各式绘画。厅堂槛窗间嵌有大型人物画屏风，画中人物为印社四位创始人和历任社长，人称《西泠先贤图》，为已故社员吴永良所绘。

堂内屏风上方悬有"柏堂"匾额，那是在柏堂重建之际，丁氏兄弟特地邀请晚清著名学者俞樾题写的，题额云："柏植于陈，堂建于宋，年久迹湮，因建蒋公祠得其故址，筑堂补柏，为书此额。"俞樾题额的"柏堂"，横平竖直，端凝朴茂，尽显其书法风格。

更有趣的是旁边的一副对联"大好湖山归管领，无边风月任平章"，由两位广东人联袂完成，许奏云撰联、简琴斋书写。许奏云是金石书法家，简琴斋是甲骨文入印第一人。孤山放鹤亭西侧临湖的云亭（六角石亭）的题字由许奏云书写。此亭建于1920年，原为他的生圹（生前预造的坟墓）。亭旁为云泉，石上题有"一片云""玛瑙坡"，取意"孤山一片云"。

柏堂大厅中间的两排柱子上分别悬有两副对联。近门一侧为"易雨易晴静观自得,尽善尽美为乐至斯",后面是"访三老碑亭东汉文留遗迹在,问八家金石西泠社近断桥边"。两侧陈列着西泠印社百年来的部分大事记。印社把如此众多的"宝贝"置于柏堂,其重要性可见一斑。

柏堂,作者摄

印泉：
吴昌硕与日本印人的情缘

正如环西湖有四大名庄，孤山也有"西泠四泉"。

其中，最著名的要数印泉。它位于西泠印社的中层。除了印泉，还有三泓分别是闲泉、文泉、潜泉。这四泓泉水，印泉、闲泉、潜泉均是西泠印社创立以后才挖掘出来的，而文泉早在明代就有了。

印泉直径约一米，紧邻鸿雪径，泉水上方的石壁刻着"印泉"二字，泉里有小金鱼在游动。此地原是印社的界墙，经历了风风雨雨之后，墙面不幸坍塌。1911年，印社同仁挖地得泉。1913年，经过疏浚挖深，遂以"印泉"命名之。又因社友欣赏南朝范柏年"廉泉让水"的典故，印泉也称"廉泉"。

与其他三泉不同的是，"印泉"二字是西泠印社的海外社友、日本籍社员长尾甲（1864—1942）所书。长尾甲是一位传奇式人物，是明治时期书法家、画家、篆刻家，早年就读于东京大学古典学科，毕业后先是留校任教，当年调任文部省（相当于教育部）。翌年，东京美术学校成立，他因擅长书法被聘用。1899年，长尾甲又兼任东京大学和东京高等师范学校教职。

长尾甲从小喜欢中国文化,擅长写汉诗。他在讲解中国文学名著《金瓶梅》《红楼梦》的同时,向同学们推荐《楚辞》、汉赋以及唐诗宋词。长尾甲酷爱苏轼,是不折不扣的"东坡迷",特别喜欢《赤壁赋》。此外,他还讲授中国书法和绘画。

1902年,长尾甲突然辞去所有教职,并于次年渡海来到上海。之后,他在中国住了十二年,曾在商务印书馆担任编译室主任。其间,长尾甲先生经好友引荐,与长自己二十岁的吴昌硕先生结识,两人志同道合,可谓是一段忘年交。说到他们的相识,还有一段故事呢。

1912年,六十九岁的吴昌硕定居上海,书画家王一亭常邀请吴老到虹口附近的六三园小酌。六三园是日本白石六三郎在上海建造的私人花园,有汉风唐韵,兼具日本风格。园内既有花园又有运动场,还种了许多松、竹、梅花和樱花,包括珍贵的绿樱。该园主体飞檐翘角,古典而又气派,孙中山、康有为等曾在此地参加聚会。

王一亭见吴先生喜欢六三园,便在此举办了吴昌硕书画篆刻展,长尾甲与朋友一起去观展。他在一幅《墨梅图》旁逗留了许久,朋友便带他去见吴老,两人相识了。他们谈起了书法、绘画、篆刻,当他们谈及诗歌时,长尾甲产生了创作冲动,他利用苏东坡"胸有成竹"的典故,画了一幅《竹石图》。这是他们的初次见面。

翌年,西泠印社聘请吴昌硕担任社长,为此举行了隆重的仪式。重阳节前夕,吴昌硕一行乘火车从上海来杭州,吴先生事先问长尾甲是否愿意同行。长尾甲喜欢杭州,也听闻过西泠印社大名,当然乐意来。大会各项仪式结束后,众人走下鸿雪径,吴先生看到清泉在流淌,便问:"活泉何来?"丁辅之答,春季疏浚时得,可名"印泉"。吴先生见石壁空着,问:"谁愿意献艺?"大家跃跃欲试,吴先生却把机会留给长尾甲,于是他用篆书的笔意,写下"印泉"二字。

1914年,第一次世界大战爆发,长尾甲回国,吴昌硕作山水和墨梅送别。之后的十余年,两人书信往复不绝。长尾甲返回日本后,成为中国艺术尤其是吴昌硕作品的推广大使,出版了《中国书画话》等著作,辑成了昌硕先生作品集《缶庐遗墨集》,并亲自作序。他还多次像西泠印社那样举行春秋雅集,传播西泠印社的美名。

除了长尾甲,吴昌硕还有一位日本弟子——篆刻家河井仙郎,他出生于京都,对昌硕先生的崇敬更胜一筹。事实上,这份情谊始于河井的老师日下部鸣鹤。在孤山吴昌硕纪念室的门口,有一块石碑,上刻"吴昌硕—日下部鸣鹤结友百年铭志"。这块纪念碑正是为纪念吴昌硕与他的日本诗友日下部鸣鹤结交一百年所立。

1891年,日本享有盛誉的书法家、碑学大师日下部鸣鹤专程远道来拜访他仰慕已久的吴昌硕。尽管吴昌硕比他小六岁,且当时的社会地位不是很高,但他对吴昌硕篆刻、书法的功力和金石气韵的展示,都相当认可和敬佩。自相识起,他们品茗论艺,切磋书道,探讨笔法,观赏石碑,还作诗互赠。

游吴杂作七言绝句
海上漫传书圣名,云烟落低愧天成。
浮槎万里求遗矩,千古东吴有笔精。

题日下部鸣鹤肖像
更忆长髯艾居士,苦吟拈断随翁坐。
风尘回首愁煞人,南天东海同游民。

日下部鸣鹤回国后,吴先生所赠之书画篆刻作品被其弟子河井仙郎拜读。河井勤学苦练,并鼓起勇气将自己的作品寄给吴昌硕请教。吴昌硕不仅写信回复了他,还邀请他相见。河井仙郎感动万分,随后便筹钱访华。他于1900年初到上海,拜昌硕先生为师,又于1906年、1909年、1914年,1919年春和1919年秋多次来上海、杭州或苏州造访昌硕先生。

河井仙郎和长尾甲均为西泠印社的早期社员之一。遗憾的是,河井错过了1913年吴昌硕受聘为西泠印社社长的庆典仪式和1914年在上海六三园举办的吴昌硕书画篆刻展。学成归去后,河井仙郎在日本培养了一批篆刻家,继日下部鸣鹤之后,为以西泠印社为代表的篆刻技艺在日本的传播贡献了力量。

1945年,美军轰炸东京,引发的大火不仅烧死了河井先生,也把他珍藏三十余年的作品尽毁。次日,河井夫人回到家中,看到死去的丈夫手里仍攥着水桶。显然,他是想去灭火来保护珍藏的中国艺术藏品。由此可看出河井先生对于吴先生和中国艺术的珍爱。

印泉,作者摄

一个多世纪过去了，吴昌硕与长尾甲、日下部鸣鹤、河井仙郎等老一辈印人早已作古，崖壁上的"印泉"二字和题款也有些残损斑驳。可是，每当我们屏息敛声，从印泉旁走过，依然能够感受到那种宽厚古朴的韵味和清新宜人的静谧。如果遇到星月之夜，皎洁的月亮倒映在泉水中，就犹如一颗璀璨的明珠，照亮我们的心房。

潜泉：
一名叫吴隐的碑匠

潜泉，位于鸿雪径上方左侧。沿着西南角的小平坡往下走，映入眼帘的是一处独立的小院，有一泓泉水和两间小屋，分别是潜泉和遁庵、还朴精庐，均与西泠印社创始人之一吴隐先生（1867—1922）及其后人有关。

1895年，"海上画派"领袖任伯年去世时，其子尚幼，吴昌硕为其操办丧事，还撰写了一篇碑文。立碑那天，吴昌硕发现碑的刻法很神奇，尤其是落款处精彩至极，等到丧事结束，立刻请来了碑匠——正是二十九岁的吴隐。这个小伙子天资聪颖、刻苦勤奋，看过他递上来的印谱，吴昌硕非常高兴，称赞道："印学后继有人了！"从此他们亦师亦友，也因为有这层关系，西泠印社成立以后，众人请吴隐出面，邀请吴老担任首任社长。

吴隐原名金培，字石泉，后改石潜，号潜泉，祖籍浙江山阴（今绍兴），是吴王后裔、山阴吴氏的第十七世孙。虽说祖先地位显赫，可到他上一辈已经是普通人家了。更不幸的是，他幼年丧父。好在吴隐酷爱读书，十多岁时离家到杭州一家雕版铺学习碑刻。他勤于钻研，最终成为了浙派篆刻的高手，同时擅长山水画和花鸟画,并精心研制了"潜泉印泥"。

相传1915年,吴隐先生在西泠上铲石土,不经意间导出一泓泉水,便以其号"潜泉"命名之。不过也有可能吴隐先生是先挖得潜泉,再取其号。说来有趣,十年以后,即1925年,宁波慈溪一名游客和浙江省立女子中学(现杭州第十四中学)的学生来此游玩时,发现潜泉中竟然有淡水母。说到淡水母,此乃生物界中比较罕见的,学名"桃花水母",须在干净的水里才能成活。由此可见,当年泉水之清澈。

在潜泉北坡的崖壁上,有一尊灰色的吴隐先生石刻坐像。潜泉东侧的崖壁上刻有隶书"潜泉"二字,字直径约半米,无落款。西侧有吴昌硕先生的篆书《潜泉铭》,高163厘米,共有10行40字。在吴昌硕的篆书下有吴隐的隶书《潜泉题记》,高约3米,共有48行,每行13字。

说说背对潜泉的遁庵和还朴精庐。遁庵的名字寓示有才德的人偏爱隐居。它小巧玲珑,面朝西湖。据说建造遁庵的初衷是为了祭祀,换句话说,遁庵是吴隐家族的"祠堂"。遁庵原有吴国第一代君主吴泰伯、泰伯的弟弟仲雍及泰伯的第十九世孙季札的半身石刻像,如今仅存季札石像。季札是春秋时期的政治家、外交家,周游列国,活到九十三岁,有"南季北孔"之誉。实际上,孔子非常崇拜这位比自己大一辈的季札,在季札去世后,孔子为他撰写了碑铭。

还朴精庐建于1919年,它紧挨遁庵,是吴隐的从孙、上海富商吴善庆捐资修建的。吴昌硕先生为其篆额题记"以还朴名之"。还朴，用来形容事物回到原来状态。吴昌硕还为其撰写了石鼓文的对联："君子好遁，弥勒同龛。"遁，意为逃避，而孤山隐士林和靖名"逋"，意为逃亡，两者颇为契合。

除了吴昌硕的教诲和提携以外，吴隐还得到了另一位重量级人物严信厚的关照。严信厚是慈溪籍实业家、"宁波商帮"先驱、上海小长芦馆主人，曾被红顶商人胡雪岩慧眼识中。1898年，严信厚委托吴隐刻《小长芦馆集字帖》。吴隐很好地把握了这次机会，认识了俞樾、杨守敬、翁同龢等学界名流，同时为日后《古今楹联汇刻》的问世做好了准备。

吴隐在印学方面造诣极深，最大的贡献是编辑出版了大量优秀的印谱，先有《遁庵秦汉印选》《遁庵秦汉古铜印谱》《龙泓山人印谱》《秋景庵印谱》等30余种，后有《遁庵印学丛书》《遁庵金石丛书》等25种，还印行了古铜、古砖、古陶、古泉等印存。

身为西泠印社创始人之一的吴隐，也是印社成立初期最具代表性的人物。当时许多重大活动，他不仅积极参与，还发挥了重要作用。印社社址的建设和经营，是吴隐和印社同人们用了十几年共同努力完成的，其中吴隐出力最多，印社内的许多建筑均由他独资建成。1904—1914年，印社共有四次募捐，其中吴隐共捐了490块大洋，是捐资数额最多的一位。

吴隐的继室孙锦（织云）是他的绍兴老乡，是一位才女，同他一样，善制印泥。孙锦不但支持吴隐投身印社活动，自己也常参与篆刻活动，还写了不少赞美印社的诗篇。可以说，西泠印社能有今日之规模，吴隐夫妇出了大力。不仅如此，两口子还在上海福建路归仁里开设了上海西泠印社（后迁至五马路，即今广东路），经营书画篆刻用品，进一步扩大了西泠印社的影响。

潜泉，作者摄

文泉：
孤山之上有一口大池

西泠印社坐落于美丽的孤山南麓，从印社的圆洞门入内，堂屋、石阶、泉水、摩崖石刻等目不暇接。诸如竹阁、柏堂，步入印社便可见到；还有"西泠四泉"：印泉、文泉、闲泉、潜泉。前文已谈及印泉和潜泉，这篇谈谈文泉。

旅人沿着鸿雪径的阶梯拾级而上，便能看到一泓宁静的泉水，此即文泉。泉水旁的摩崖石刻为铁线篆"西泠印社"，此乃印社的早期社员之一钟以敬所刻。这四个字倒映在水中，显得别有一番风趣。钟以敬是钱塘（今杭州）人，是位颇有传奇色彩的人物，从一个落魄的浪荡子弟变成一个大篆刻家。

文泉中有金鲤鱼、睡莲，这水中的一景一物与旁边高耸的华严经塔成了印社独特的风景。细看侧面池壁上，刻有"文泉"二字，还有吴昌硕的隶书"辛酉题名三十一人"，共30行，每行4字，有31个名字。那么，"文泉"之名缘何而来呢？

原来，早在明末时，杭州知府张奇逢有一回漫步至文泉边，在石壁上刻了"斯文在兹"四字，其中就有"文"字。"斯文在兹"语出《论语·子罕》，意思是文化和知识都在这里。张奇逢是河北获鹿县（今河北省石家庄市鹿泉区）人，1636年中举，他为官清廉，并擅长书法，通医术。

在张奇逢老家流传着一则逸事。有一回，获鹿县城东门修关帝庙，请张奇逢题写了"乾坤正氣（气）"四个大字，但"氣"字漏写了一点，发现时匾额已高挂，怎么也添不上那一点。张奇逢拿来一块抹布，蘸上墨，"啪"地往匾上一扔，那点就写上了，效果比用毛笔写的还好。

明亡以后，张奇逢不愿在清朝为官，一心想做隐士。清政府却看中张奇逢的才干，以修崇祯皇帝皇陵的名义召其入工部。他没法推辞，终究还是去了。就这样，张奇逢从一个小知县升为工部郎中。后来他发现，自己说话不算数，且因性格耿直得罪了人，便请求外放，被派到杭州做知府。

到了清末，著名学者俞樾先生执教于孤山诂经精舍。有一回，俞樾与其弟子徐琪一起走访孤山，想寻找一个建楼的合适地段，沿着北面的崖坡而上，在一泓清泉附近的崖壁上发现了"斯文在兹"四个大字，一旁还有"赵人张奇逢题"。

三年以后，俞樾携弟子再访此地，发现石刻仍在，就决定沿着水池上方的崖壁再建造一个亭子予以保护，取名为"文石亭"。俞樾说起老家德清有一座金峨山，山顶上有个水池，常有天鹅栖息。大家觉得这是一个吉兆，加上俞樾先生是一代大儒，于是众人商议，将此泉命名为"文泉"，并由俞樾亲书，刻于池北侧石坡上，这便是"文泉"的由来。

可是，由于"文泉"二字接近池面，常年被流水冲刷，风雨侵蚀，就渐渐磨损了。虽然1949年以后修补过，但还是抵不过岁月浸染。很快又被风雨侵蚀了，导致字被藤蔓覆盖，后人多次寻找，均未果，实属遗憾。时隔那么多年，大家以为俞樾先生的字已无痕。

2019年，西泠印社创社一百十五周年前夕，印社老员工袁

文泉，作者摄

力鑫在清扫淤泥时,发现水池上方的藤蔓长了很多,就加以清理,竟在崖壁上奇迹般地发现了"文泉"二字。而且除了"文泉"二字之外,在崖壁侧边还有俞樾的题款,其文如下:"孤山之上有此大池,《西湖志》不载,盖知者鲜矣,不可无以张之。"

于是乎,"文泉"失而复得!

以印为证,以文为传,文泉不止,文脉长存。"文泉"摩崖石刻的再现为西泠印社添了一段佳话。也许俞楼与西泠印社并没有直接的关联,但是俞樾为印社留下的痕迹却扎下了根,他与弟子们命名的"文泉"依然池水清清,藤蔓斯文地缠绕其间,岁月的波光依稀闪烁。

闲泉与小龙泓洞：
闲泉澄极顶，幽径入深丛

孤山之上，有两泓清澈的泉水，它们互为邻里，西侧是文泉，东侧是闲泉。至晚在北宋时期，孤山便有闲泉，后来它销声匿迹了，直到民国年间，才为南浔丝绸富商、金石家张钧衡先生（1872—1927）掘得。张钧衡是南浔"四象"（巨商）之一张颂贤的长孙，曾任浙江省政府主席的张静江是他堂弟。

张钧衡少时酷爱读书，年轻时即喜藏书，对西泠印社仰慕已久，尤其是印社的印谱典籍。1921年，张钧衡来孤山游玩，他见文泉东侧树木繁多，阴翳蔽日，非常潮湿，疑有暗泉。经过考证，他认为宋代《咸淳临安志》中记载的玛瑙坡上的闲泉，以及宋代名僧智圆禅师（976—1022）诗中提到的"闲泉澄极顶，幽径入深丛"之孤山闲泉应该是在这个位置。

早在北宋初年，孤山就有一座玛瑙寺，因有智圆禅师而驰名湖上。玛瑙寺位于孤山北麓玛瑙坡上，后者相传因为有玛瑙一样的碎石而得名。智圆是钱塘人，八岁受戒，他擅长写诗，并与林逋为邻，常相唱和。他写过一首《挽歌词》，广为流传，阐述了修禅得道之士的生死观念，有一种将生死置之度外的博大情怀。

稍晚的安徽当涂诗人、诗风狂放酷似李白（去世地恰好是当涂）的郭祥正也曾为闲泉赋诗：

人去泉长在，人忙泉自闲。
不供鱼鸟饮，只是照青山。

这首诗刻画出一幅文人雅士望泉、赏泉、思泉，充满闲情逸致的动人图卷。可以想象，当年的闲泉不失为一处妙趣横生的景观。

玛瑙寺后来被宋高宗赵构下令迁至北山路北面的葛岭，原来的玛瑙寺便作废了。玛瑙坡的位置就在孤山北麓的云亭附近。如今坡上的岩石上，尚存西泠印社首任社长吴昌硕先生于1922年题刻的"玛瑙坡"三字。可是，那里却不再有泉水流淌了。

话说张钧衡因地制宜雇人开挖泉水，不久果然有一股清泉涌起，与西侧的文泉相贯通。张钧衡将其也命名为"闲泉"，亲自题写并落款，他还在崖壁上写了一篇《闲泉记》。

我无法判定，张钧衡所言的就是事实。宋代的闲泉也许就是今天西泠印社的闲泉，那样的话，说明《咸淳临安志》的记载有误；也许它本来是在玛瑙坡，只不过后来消失不见了，而现在的闲泉是张钧衡新开凿的。

闲泉里游荡着金鱼，旁边是缶亭和小龙泓洞。缶亭建于

1921年，是孤山石崖上雕凿的一座石龛，里面是吴昌硕先生的半身坐像。日本雕塑家朝仓文夫仰慕吴昌硕的艺术成就，为吴昌硕先生塑造了两尊铜像，其中一尊送到上海。然而，朝仓文夫不了解中国习俗是忌放活人塑像的，吴昌硕先生以上海寓所狭窄为由，将铜像送到印社摆放。吴老非常喜欢这尊铜像，常与友人在此合影。

至于小龙泓洞，是由北洋政府浙江省省长夏超和印社创始人之一丁仁（字辅之）共同捐资开凿的，于1922年7月竣工。夏超是青田人，原本是书生，喜好丹青翰墨。因受秋瑾影响，加入同盟会，并被推举为同盟会浙江支部会长，后来他率部与直系军阀孙传芳作战时失败，撤退途中在杭州被俘牺牲。因为灵隐的飞来峰有个龙泓岩，岩里有个龙泓洞，故此处被命名为小龙泓洞。

小龙泓洞内右侧岩壁上的隶书"小龙泓洞"四字和《小龙泓洞记》题刻均由印社创始人之一叶为铭先生手书。内容如下：

> 东坡游赤壁后八百四十年，凿通岩洞。湖光山绿，呼吸靡间，登临涉览，遂为绝胜。纪印人雅，故名曰小龙泓。青田夏超、泉唐（钱塘）丁仁用功二千，直钱一百八十万，七月既望告成。古杭叶为铭记。

题刻阐述了小龙泓洞的来龙去脉，居然与东坡先生有关。

题刻下方有一张石棋盘和两只石凳,棋盘上刻着"弈隐遗枰",为浙江富绅高云麟所书。弈隐这个名字不太为人所知,它是围棋高手、有"国手"之誉的金鉴的别名。金鉴是钱塘人,清代书画家,擅长刻印、鼓琴,饮酒和下棋是他的最爱,据说江南无敌手。可以想象,高云麟十分钦慕金鉴的棋艺。这位高先生是西湖边红栎山庄(亦称豁庐或高庄)的主人,该庄位于杨公堤景行桥东南,在刘庄和味庄之间。

小龙泓洞左侧的崖壁上有一个送子观音刻像,是书画家王一亭先生于1923年所画。如同前文介绍的,王一亭也是上海商

闲泉、小龙泓洞和缶亭,作者摄

界名人，曾宴请路过上海的物理学家爱因斯坦。刻像上方有吴昌硕先生题写的"行善之人善结果，赠以佳儿佛曰可，观世观人更观我"。

话说小龙泓洞前的石道上，有一座西湖最短的桥——锦带桥，桥长不足一米，宽刚好一尺。白堤上除了有断桥和西泠桥，还有一座与断桥并称"姊妹桥"的锦带桥，据说，印社锦带桥的那块石板是丁辅之从白堤锦带桥上捡来的旧石栏。

如此看来，小小的闲泉四周，容纳了西湖的精华。

附录

从南宋的《耕织图》到民国的西博会

杭州素有"丝绸之府"的美誉。早在春秋时期，越王勾践就以"奖励农桑"作为富国政策。相传美女西施在家乡诸暨苎萝村（离杭州约50千米）养蚕织帛，常浣纱于流经村边的浦阳江（钱塘江支流）。"西施浣纱"的传说既凸显了美人的形象，也是越国生产丝织品的佐证。而在我的印象里，历史上曾有两次，杭州的丝绸织品与世界文明发生了联系。

第一次是在将近九百年前的南宋绍兴初年，杭州出现了一组描绘男耕女织的《耕织图》。《耕织图》是南宋於潜（今属杭州临安区）县令、画家楼璹的作品，获得了宋高宗赵构的赞许和召见。皇帝将他的《耕织图》向后宫展示，皇后亲笔在图上题词。一时朝野传颂，引得全国各地争相仿作。

楼璹是鄞县（今宁波）人，他在於潜担任县令期间，走遍了每个乡镇，对民情非常了解、关心，亲自绘制了45幅《耕织图》，其中21幅是耕图，24幅是织图。我看过他的《耕织图》，技艺十分精湛，相比之下，织图比耕图更吸引人，里面既有采摘、养蚕、抽丝、织布的场景，还有穿着不同丝绸服饰的妇女，她们置身于华丽的室内装饰中。

五百多年以后，清朝的康熙皇帝第二次南巡时，有人向他进献了《耕织图》。他看过以后，感受到织女之寒、农夫之苦，便命人重绘《耕织图》，并为每一幅图都写一首七言律诗，还亲自题写并作序，序尾盖印。

后来，康熙的儿子雍正皇帝继位，他也很喜欢《耕织图》，命人绘耕图和织图各23幅，不同的是，雍正给每幅图题写的是五言律诗。《耕织图》之所以受多位皇帝赞许，是因为它能安抚民心，有助于稳定社稷。同时，它们也是老百姓喜闻乐见的艺术作品。

《耕织图》还传播到世界上许多国家，并被日本国会图书馆、美国哈佛大学图书馆等收藏至今。据日本东海大学文学部渡部武教授统计，他收藏研究过的不同版本的《耕织图》就有56种之多。有专家称赞它是"中国最早完整记录男耕女织的画卷"，"世界首部农业科普画册"。

到了1929年，首届西湖博览会在杭州举行，这是中国第一次举办规模较大、影响深远的展销会，由游历过世界各地的湖州富商、浙江省政府主席张静江发起操办。开幕典礼在西湖北山路新建的大礼堂举行，八大场馆和两个所分布在孤山、岳王庙、北山路等沿湖地区，其中就有丝绸馆（另外七个馆是革命纪念馆、博物馆、艺术馆、农业馆、教育馆、卫生馆和工业馆）。

遗憾的是，除了北山路的工业馆（今杭州西湖博览会博物馆）尚在，其余建筑物以及连接孤山与北山路的博览会大桥皆已无存。不过我可以想象，丝绸馆中琳琅满目的丝织品吸引了无数中外嘉宾的眼球。令人欣喜的是，如今中国传统桑蚕丝织技艺（包括杭罗织造技艺）已被联合国教科文组织列入《人类非物质文化遗产名录》，杭罗织造产品远销100多个国家和地区。

首届西湖博览会举办之时，离楼璹画《耕织图》时已经将近八百年了。据说，当年为了筹备西湖博览会，在苏州、无锡、常州、镇江诸城以及越南南圻、印尼万隆等地设立征集西湖博览会出口委员会，广泛征集展品。展览会历时四个多月，吸引了2000多万观众，美国、英国、法国、瑞典、日本、朝鲜、越南、印尼等国家都派出商务代表团参展。杭州的丝绸产品等再次与世界文明发生了联系。

蔡方思

生于西湖的实业家——都锦生

世人说到杭州,都会想到西湖。除此以外,大概也会想到丝绸和茶叶,说到茶叶,自然要数龙井茶,而说到丝绸,则不得不提到都锦生,他是"杭锦"品牌的代言人。"杭锦"是有着独特的工艺,以真丝、人造丝为主要原料的重纬多彩织锦。

在13世纪意大利旅行家马可·波罗口述的那部闻名遐迩的游记里,他把杭州描绘成"人间天堂"。我注意到,他在谈论杭州人的穿着时,有这样的描写:"因为本地出产大量的绸缎,加上商人从外省运来的绸缎,所以居民平日里也都穿着绸缎衣服。"由此也可以佐证,杭州很早便是"丝绸之府"了。

事实上,早在五代十国时期,作为吴越国都城的杭州便有了官营的丝织手工业。南宋时期,杭州更是成为中国丝织业的中心,官营锦院规模宏大,织机数百架,工人千余人。据南宋钱塘人吴自牧的《梦粱录》记载,那会儿民间丝织作坊已经兴起,并能织造名贵的绒背锦。明清两代,杭州织锦业以工巧闻名全国,堪与南京云锦、四川蜀锦、苏州宋锦媲美。

杭锦分为织锦缎、古香缎和都锦生织锦三大类,其中都锦生织锦运用纹工技术表现绘画、摄影艺术，独具特色。都锦生（1897—1943）出生在杨公堤西侧的茅家埠村，1919年毕业于浙江省立甲种工业学校机织专业并留校任教。浙江省立甲种工业学校是浙江理工大学的前身之一，创办人是留日回国的德清人许炳堃（与晚清著名学者俞樾是同乡），他还引进了日本提花机，促进了杭锦的发展。

1922年，都锦生在茅家埠村创办了都锦生丝织厂。两年以后，他采用了经线为真丝、纬线为人造丝的交织法，以高超织艺编织出我国第一幅丝织风景画《九溪十八涧》。稍后，他又编织出《宫妃夜游图》。1926年，这件作品被送往美国费城世界博览会展出，一举夺得金质奖章。都锦生还曾参照法国人绘制的棉织风景画，研制出《北海白塔》等棉织画。可以看出，都锦生是专家型的实业家，也是生于西湖的实业家，他的产品远销欧美和东南亚。

都锦生故居位于茅家埠村，属于砖木结构的花园别墅。东临杨公堤，南接丁家山和五老峰，刚好处在新辟的西里湖末端。埠的原意是码头，游客抵达茅家埠，可见湖畔杨柳低垂，绿荫中散布着一幢幢带着民俗风情的楼房。除了都锦生故居，村里还有茅乡古道、通利古桥、五峰草堂、醉白楼等景致。据说在民国时期，从杭州城里去灵隐禅寺烧香，首先要搭船到茅家埠，然后步行前往。都锦生在这里开店，自然生意兴隆。

抗战时期，都锦生把工厂开到了上海租界。1941年冬天，随着太平洋战争的爆发，日本人占领了上海租界。都锦生丝织厂被迫关闭，加上重庆、广州等地的门市部先后被日机炸毁，都锦生悲愤交加，于1943年5月在上海病逝，年仅四十七岁。家人遵照都锦生弥留之际的遗言，将他归葬于故乡茅家埠村边的小山上。1996年清明，他被移葬于南山公墓。

值得一提的是，都锦生丝织品在中美外交史上曾扮演过意想不到的角色。那是1971年4月4日，在日本名古屋举行的第31届世界乒乓球锦标赛期间，美国运动员科恩上错班车，登上了中国队的大巴，发现不对后尴尬地站在车门口，坐在第一排的运动员庄则栋主动与其握手并通过翻译与之交谈，还送了他一面绣着黄山风景的织锦，那正是都锦生的产品。翌日，科恩回赠庄则栋一件运动衫，两人握手的照片出现在全世界的媒体上。随后，美国乒乓球队要求访问中国，毛泽东主席批准同意……

假如都锦生没有英年早逝，他的事业一定更加兴旺红火。因为都锦生带了个好头，杭州的丝绸产业如今依然兴旺，除了都锦生，还有喜得宝、万事利等名牌。也因为如此，有了如今的杭州"十大女装"和武林路服装街、中山北路丝绸一条街、时尚之地天目里等。当然，还有玉皇山路上的中国丝绸博物馆，这是我国第一家丝绸专业博物馆，1992年建成开张，如今是国家一级博物馆。

蔡方思

后　记

2019年夏天，我有幸入职西泠印社。确切地说，是印社下属的杭州西泠文化创意有限公司。第一年，我在其门店宝印山房上班，那是在孤山西南，每天要经过北山路和西泠桥。站在印社的华严经塔下面，可以居高临下俯瞰西湖，那里可谓风景绝佳处，令亲朋好友和旧日同学羡慕。从那时起，我的人生有了新的体验，可是，也应了一句俗语，美丽与孤独同在。出于好奇，也为了增长见识，我购买了几本有关西湖的书，开始了解周围的风景和人物。

孤山面积虽然不大，只有20公顷，却处处有故事，可谓一步一景。东边有"平湖秋月"、逸云寄庐、白苏二公祠，南边有俞楼、楼外楼、清行宫，西边除了西泠印社，还有纪念欧阳修的六一泉、杜庄，北边有放鹤亭、林社、净因亭，中间有敬一书院、浙江博物馆、青白山居和文澜阁（原藏《四库全书》）。还有许多名人塑像——鲁迅、蔡元培、吴昌硕、黄宾虹、潘天寿、林风眠，名人墓——苏小小、林和靖、武松、郭孝童、冯小青、惠兴、秋瑾、陈英士、苏曼殊，其中有的被迁走，但留下墓址和碑文。本书中的人物来自20多个省市，遍及浙江省内各个地市，可以说绝大多数中国人都能在此觅得乡情和思愁。

孤山还留下了许多诗词，最早的是南齐苏小小的"何处结同心，西陵松柏下"。据说，西陵就是西泠，可见孤山曾是坟场。到了唐代，更有大诗人白居易写的名句"孤山寺北贾亭西，水面初平云脚低"。虽说孤山寺（宋代叫广化寺，苏东坡常来）和纪念范仲淹的范文正公祠、山南的圣因寺和山北的玛瑙寺等均已无存，但"孤山"两个红色的大字却刻在清行宫遗址所在的中山公园内。我就从这里开始写起了，并开设了微信公众号"所谓衣人"。没想到一口气写了60多篇，还把范围扩大到孤山目力所及的西湖周边。

写到这里，我要感谢我爸爸，是他给予我启发和鼓励，我也经常就主题找他商议，每次写好初稿他总能补充新的内容线索，他还为本书提供了他亲自拍摄的多幅照片，撰写了序言。妈妈也是我的文章的审阅者，她会针对包括标点符号在内的各种细节给出建议。本书的附录是妹妹写的两篇与西湖和丝绸有关的文字，她本人现在一家时装公司工作。同样，我也要感谢文创公司的领导和同事，特别是周叔叔和王总，他们的鼓励和赞许是我写作的动力。

去年秋天以来，我的微信公众号的推文已陆续在《新民晚报》《南方都市报》《钱江晚报》《温州晚报》《湖州日报》《绍兴日报》《湖州日报》《台州晚报》《梅州侨乡》等报刊发表，《西湖》《文学港》杂志和《苏州日报》更是各发表了我的一组散文。与此同时，我和同事合作的有关印社历史文化的"孤山·纪"系列文章还被"学习强国"等平台转发。最后，我要感谢浙江文艺出版社的虞文军社长、柳明晔副总编和责编周海鸣老师以及美编老师，没有他们的热情接纳和细致编辑，这本《孤山的故事》恐怕不会面世。

期待各位老师、读者的批评指正！

蔡逢衣

2022年9月，杭州